回復術士的重啟人生

Redo of healer

~即死魔法與複製技能的極致回復術~

8

月夜涙
插畫◎しおこんぶ
Author : Tsukiyo Rui
Illustration : Siokonbu

Kadokawa Fantastic Novels

CONTENTS

序章	回復術士重新站起來	011
第一話	回復術士拒絕	022
第二話	回復術士糾結	033
第三話	回復術士享受水之城鎮	044
第四話	回復術士與魔王重逢	055
第五話	回復術士得到神鳥賜予的力量	066
第六話	回復術士成為貢品	077
第七話	回復術士入虎穴	089
第八話	回復術士託付他人	099
第九話	回復術士相信伙伴	109
第十話	【劍聖】贈送情書	117
第十一話	【術】之勇者將敵軍燃燒殆盡	127
第十二話	回復術士送出暗號	134
第十三話	水之王子領軍	143
第十四話	留下來的人，前去迎接回復術士	153
第十五話	各自的決戰前夕	161
第十六話	與回復術士重逢（前篇）	172
第十七話	與回復術士重逢（中篇）	183
第十八話	與回復術士重逢（後篇）	194
第十九話	回復術士識破手法	205
第二十話	軍師的憂鬱	214
第二十一話	回復術士露出無畏笑容	220
第二十二話	回復術士做出賭注	230
第二十三話	回復術士展現極致	241
終章	回復術士露出微笑	257
	後記	267

序章 回復術士重新站起來

飛機著陸。

抵達了吉歐拉爾城。

我們掉進布列特的陷阱，陷入窮途末路的窘境，但總算設法逃出生天。

由於士兵們已經看習慣飛機，並沒有吵吵嚷嚷。

「……吉歐拉爾城似乎沒事。至少暫時可以放心了。」

我與軍師艾蓮所做的最壞打算，是潛伏在城堡內側的怪物已經覺醒並四處作亂，導致城堡陷入毀滅狀態。

吉歐拉爾王國因為吉歐拉爾王的失控損失了許多優秀人才。目前是在拉納利塔領主的協助下招兵買馬，才勉強能讓國家最低限度的體面獲得運作。

要是再繼續受到打擊，勢必會導致國家瓦解。

「艾蓮，妳認為怪物已經混進了吉歐拉爾王國嗎？」

「照布列特的個性思考，實在很難想像他會放棄這個絕佳的機會。如果怪物已經潛入內部，應該早就對我們展開追擊才是。雖然無法斷定怪物沒有混進裡面，但我個人認為，布列特應該是沒機會將他們變成怪物。」

我點頭同意艾蓮這番話。她很年幼，儘管肉體還是精神分明都疲憊不堪，但眼神卻散發知性的光芒。

「我也是相同意見。」

布列特應該掌握了吉歐拉爾王國的現狀。

如艾蓮所說，假如他把黑色怪物安插進吉歐拉爾王國內側，應該會讓他們變成怪物給我們致命一擊。

既然沒這麼做，就證明他辦不到。

……不過，目前還沒辦法斷定是因為布列特沒辦法將吉歐拉爾王國的人才轉變為黑色怪物，或者是他本人必須待在附近才能讓他們顯露本性。

「紅蓮。」

「難得睡得正香的說。怎麼了嗎，主人？」

害怕搭飛機，飛行中鑽進我衣服內的紅蓮，以小狐狸型態探出頭。這傢伙，是打算隨時都能入睡才不肯從這裡出來吧。

「紅蓮，妳可以知道這裡的人有沒有被變成怪物嗎？」

那股瘴氣與魔力不同，如果不夠濃厚就感應不到。

實際上，直到他們在會場上露出真面目之前，連我也察覺不到。

但是，如果是對味道敏感的紅蓮，即使他們隱藏身分或許也能識破。

「嗯～要是在近距離盯著看，聞身上的味道，不管隱藏得多麼巧妙，紅蓮應該也能看出來說。」

「知道了。」

得到了不錯的情報。

能看穿吉歐拉爾王國的人才是否被轉變成黑色怪物。

要是一直懷疑自己人，可沒辦法戰鬥。

「艾蓮，妳現在立刻從城內的人員當中，選出運作吉歐拉爾王國時不可或缺的人員，再由我與紅蓮兩人去調查。」

只是調查他們是否被轉變為怪物還不夠。

如果是布列特，很有可能會趁我們把注意力集中在黑色怪物時，另外派出用藥或是心靈控制而打造的手下潛入內部。

這部分靠紅蓮看不出來。

紅蓮與我，要用各自的技能徹底調查。

因為對手是布列特，再怎麼提防都不夠。

「明白了。真的要詳細調查呢。」

「嗯，沒錯。至今都沒這麼做，反而讓我想殺死自己。糊塗到深信『暗黑力量已經消失了』的自己。」

我殺死了吉歐拉爾王，也就是暗黑力量的元凶。

歷經苦戰後才有的成就感，拯救國家的激昂感。被推舉為英雄使得自尊心增長。每件事都降低了我的戒心。

後來，收到其他國家展開侵略的消息，導致暗黑力量也被我拋諸腦後。

只能說我實在是天真又愚蠢。

我混雜著這股焦躁感揍向城牆，拳頭隨著轟響貫穿了牆壁。

剎那等人嚇了一跳，感到畏懼。

真差勁。居然隨便洩恨，實在很不像樣。

我重重地、重重地深呼吸。

快想起來。復仇所需要的是冷靜。即使需要熱情，但不能因此而導致判斷力變鈍。

「抱歉，已經不要緊了……艾蓮、紅蓮。妳們倆想必都累了，但麻煩妳們現在立刻把這件事辦好。非得是現在才行。」

「雖然很費工夫，但紅蓮會為了主人加油的說！很期待獎勵的說！紅蓮希望主人可以幫忙做會讓尾巴緊緊縮起來的那個的說。」

「我也理解這麼做的必要性。我立刻就開始著手進行。」

艾蓮由克蕾赫護衛回到城裡。

只要有克蕾赫在身邊，即使黑色怪物已經潛伏在內部也能設法應付。

那麼，先把這件事辦妥吧。

「另外，卡士塔王子。不好意思，你也要進行檢查。」

卡士塔王子在那個絕望的狀況下，是除了我們的伙伴以外唯一獲救的大國王子。

沒辦法保證他不是布列特的手下。

「嗯，可以啊。是說，反而是我想拜託你。照那個情況看來，被轉變為怪物的人似乎根本沒有自覺。若是不幫我檢查，反而會教我怕得睡不著覺。」

卡士塔聳了聳肩這樣說道。

……救他一命算是一種賭注。

雖說在那個狀況下救到了卡士塔王子，但反過來說，就是對他以及我的女人之外的所有人見死不救。

甚至拋下了艾蓮身邊那個有才的輔佐。

畢竟逃出會場時能保護的人數有限，最重要的是若沒有飛機根本無法突破包圍網，而能搭上那架飛機的，再怎麼樣也頂多是六個人與一隻。

除此之外，不是死就是被變成怪物。

「可別讓我後悔救了你一命啊。」

不惜捨棄那些能力優秀，而且發誓效忠吉歐拉爾王國的人也把他帶回來，是因為我判斷他有那個價值。

我要他散播葛蘭茲巴赫帝國當時所幹下的惡行，警告其他所有國家。

與葛蘭茲巴赫帝國敵對的我們再怎麼主張也欠缺說服力。

而這個部分，若能藉由他的母國恩力塔王國的影響力，再配合卡士塔王子的才能，應該能順利進行。

「【癒】之勇者凱亞爾大人，我在此鄭重向你道謝。你不惜捨棄應該能救的人，也救了我一命。」

「想不到你會主動提起啊？這句話的意思，等於你承認自己欠了吉歐拉爾王國人情喔。」

「我，不，恩力塔王國欠了你們人情。不承認這件事的話便違反人道，況且就算因此獲得些許利益，總有一天也會得到報應。加上恩力塔王國原本就打算與吉歐拉爾提出結盟申請。雖說考慮到目前的戰力，與葛蘭茲巴赫帝國結盟或許比較妥當……但要是與他們結盟，就會變成怪物。這種事我可敬謝不敏。這場戰爭，已經不是吉歐拉爾王國與葛蘭茲巴赫帝國之間的問題。而是人與怪物之戰。」

卡士塔王子脫下文雅男子的面具，露出下任國王該有的銳利本性如此宣言。

人與怪物之戰嗎？說得挺像一回事的。這已經不能算是國與國之間的戰爭。

要是再繼續放任不管，想必各國會陸續遭到怪物支配。

儘管我沒有否定這點的打算，但我還是得事先聲明。

……這是我與布列特之間的戰爭。

◇

艾蓮激勵疲憊不堪的身軀，選出城內所有重要人物，並排好了優先順序。

為了不引起混亂，我們絕口不提在葛蘭茲巴赫帝國出了什麼事，一個一個傳喚出來讓紅蓮確認。

時間已經來到深夜。

老早就到就寢時間，卻勉強他們聚集到此。

……雖然蠻橫但也無可奈何。

既然造成困擾，就相對地帶著誠意賠罪，而且不僅支付了特別津貼，也事先準備好了小禮物。

拜此所賜，儘管眾人有些許不滿，但也接受這次調查。

於是，終於到了最後一人。

小狐狸站在坐在椅子上的文官前面聞著味道。

「嗅嗅嗅。唔～是清白的說！可是，有一種很臭酸的味道的說！」

聽到紅蓮這句話，該文官受到嚴重打擊。

我從旁美言幾句，同時在閒聊中打聽他是否有哪裡不適，發現他其實受腰痛所苦，所以我邊按穴道邊幫他【恢復】。

「喔喔喔喔喔喔喔喔喔！煩惱了十年的腰痛一瞬間就好了！非常感謝！這樣一來，我明天起就能比至今更加賣力工作！」

「那就好。讓你直到深夜都被綁在這裡，不好意思。」

「沒那種事！能夠與這個腰痛說再見，就算是到早上我也等！」

像這樣，不僅幫忙【恢復】，也對綁住眾人的事情賠罪，後續處理也不馬虎。

……我信任紅蓮的能力。不過，以【恢復】做雙重確認更加確實。

一旦【恢復】就能窺探記憶，可以特定出是否有人因為暗黑力量之外的方法背叛，具體來說，就是遭到洗腦或是下藥。

反過來說，或許只用【恢復】也行，但難保他們是在沒意識的狀況下被變成怪物，像那種狀況必須靠紅蓮的力量才能看穿。

所以，從兩個方面進行確認會更加萬全。

文官心情大好地扭著腰離去。

我看著這幕，然後沉沉在椅子上坐下。

累了。

頭暈腦脹，非常想吐。

我擁有超乎常人的體力與魔力，每當疲憊就會以【恢復】恢復身體狀況，但無法治癒精神上的疲勞。

或許是因為短時間內有好幾十人的記憶湧入腦海，不僅大腦發出悲鳴，就連內心也好似要充滿各種他人的感情那般，感覺很噁心。

他人的感情與記憶，就連習以為常的我也感覺那是類似劇烈藥物的毒，令人不快。像這樣一次大量攝取，會令心靈幾近崩潰。

害凱亞爾的人格差點就要扭曲了。

必須快點療癒精神才行。

「紅蓮好累的說——過勞了說——」

紅蓮從小狐狸型態變為少女模樣，直接趴在桌上。

少女型態的狐狸是個外表看似十二三歲，非常活潑的狐耳美少女。

紅蓮也是筋疲力盡。我第一次看到她這麼認真做事。

「謝啦。我沒想到那麼怕麻煩的紅蓮居然會這麼賣力。」

「這是為了獎勵的說……因為，紅蓮一直很期待主人讓我舒服的說。」

「我有注意到。因為妳身上發出那種味道。我可是擔心其他男人會不會發現而捏了一把冷汗呢。既然這樣，妳應該準備好了吧。」

「總算可以舒服了說。」

紅蓮靈巧地用尾巴捲起裙子，挺過來讓我看。

一看就知道。她已經迫不及待讓我疼愛。

趴在桌上，挺出屁股的那個模樣會勾起男人的征服欲。

嗯，不錯。

我正好也想甩開煩躁的他人記憶與感情，好好舒服一下。

只要貪婪紅蓮的身體，就能徹底忘記這一切。

「我今天可不會溫柔喔。」

「儘管來吧～紅蓮喜歡疼痛又粗暴的那種的說。」

很好。

我決定先試探一下，使勁握住她毛茸茸的尾巴，僅是這樣，就令她弓起背脊發出嬌喘，更加進入狀況。

剛才握住的地方是紅蓮的弱點，只要用力握就會變成這樣。

「這麼突然害紅蓮嚇了一跳的說。可是，紅蓮想快點感受比手更舒服的東西的說。」

「嗯，我立刻給妳。」

今天要像野獸那樣交配。

把鬱悶的感情全部宣洩而出。

啊啊，我也腫脹到疼痛。

我露出自己的分身，紅蓮便一臉渴望地凝視著那個，使用全身誘惑我。

真是可愛的傢伙。

好吧。就讓我盡情疼愛妳，讓妳哭天喊地。

第一話 回復術士拒絕

昨天非常疲憊。

主要是精神方面。

依舊有好幾十人的記憶、知識以及經驗混雜在我的腦海，攪亂大腦與心靈。

可是我不能休息。

該做的事情堆積如山。

都已經被先發制人了，要是現在停下腳步，就真的會無計可施。

我挺起身體換好衣服。

紅蓮睡得很香。明明是任性的狐狸，昨天卻以奉獻的態度服務我。

今天就讓她好好睡個覺吧。

……多虧紅蓮，我已經知道吉歐拉爾王國的重要人物並沒遭到暗黑力量侵蝕。

這反而令我害怕。如果布列特的力量沒辦法做到這點倒還好。萬一他是沒有這麼做的必要，狀況想必差到不行。

無論如何我都必須能夠在最惡劣的狀況下應對。

我打開房門。

映入眼簾的是身穿內衣的剎那。她是冷酷系的狼耳美少女，白色狼耳與尾巴無力地垂下。

「可惜，看那個樣子，凱亞爾葛大人的已經空了。今天早上沒辦法服侍你。」

剎那看到我的下半身後感到失落。

到了她這種程度，光用看的就可以明白我是否有想辦事的興致。

「抱歉，因為昨晚做得太晚。我過中午後再疼愛妳。」

我將剎那擁入懷中親吻她。

我很中意剎那。至少得這樣討她歡心。

「嗯。剎那很期待。」

剎那一臉惋惜地放開我。

「那麼，我要去艾蓮的房間，妳呢？」

「剎那也要去。因為，剎那大概也幫得上忙。」

「麻煩了。妳陪在我身邊也比較方便。」

「知道了。」

剎那立刻回收放在房門外面的衣服更衣。

看來她是特地在門前脫下把衣服放好。

我看到剎那穿著內衣出現會感到興奮。她是很清楚我的喜好才會做出這種行為。

◇

我與剎那一同來到艾蓮的房間，發現艾蓮已經開始進行文書工作，克蕾赫則待在她旁邊。

接下來的戰鬥，並非單純以武力一決雌雄。

而且還是將周圍國家牽扯進來的情報戰、政治戰。

所以，我現在不能失去艾蓮。

我命令克蕾赫與艾蓮要待在同個房間，隨時在彼此身邊。克蕾赫是【劍聖】。是名威風凜凜的少女，在這個國家是僅次於我的高手。

「艾蓮，妳很拚命呢。」

「因為凱亞爾葛哥哥很努力。我自然也不能輸。如果不需要懷疑內部的人，就有許多手段派得上用場，這都得歸功於凱亞爾葛哥哥。」

「聽來真是可靠。」

「我已經將自己推測布列特會採取的行動統整起來了。」

我從厚重的紙堆中，收下了一張文件。

艾蓮八成是在經過調查及計算之後，完成了眼前的厚重紙堆，再為了讓我容易理解而簡單地歸納在這張紙上。

真有趣。上面有布列特的能力、葛蘭茲巴赫帝國的能力、周遭的環境以及政治因素，更重要的是，重視人心的這個部分。

這就是從前被稱為軍略天才，令人聞風喪膽之人的能力嗎？

「……照這樣下去，再三個月，布列特就會成功征服世界嗎？」

「沒錯。畢竟敵方軍隊遭到另一邊的暗黑力量侵蝕，目前能打倒他們的手段只有紅蓮與凱亞爾葛哥哥的能力。雖說姑且能用冰阻止他們，但一般術者使出的冰魔術頂多幾個小時，而且敵人會陸續增加感染者。另外，如同我們在葛蘭茲巴赫帝國看到的，一般人類會突然變成怪物。那種能力再糟糕不過了。這代表對方可以隨時隨地將怪物送進我們內部……一旦這種事情在各地發生，國民之間將會懷疑身旁的人或許會突然變成怪物，無論什麼國家都會自我毀滅。」

艾蓮所說的預測非常正確且嚴苛。

黑色怪物的能力過於強大。

那實在太卑鄙了。對方明明能肆無忌憚地擴散暗黑力量，但我們卻無法增加淨化之力。

「時間站在對方那邊。我們只能盡快分出勝負。以少數精銳強行突破，斬斷元凶。」

「……只有這個方法沒錯，但我不認為有辦法。因為對手是【砲】之勇者布列特。」

比黑騎士更強的黑色怪物，指揮他們的是擁有傑出戰鬥力、指揮能力，而且擅長情報戰的布列特。光用棘手沒辦法表達他有多難纏。

基本上，如果能以少數精銳打贏這場仗，我當時就打倒布列特了。就是因為判斷不可能，所以我才逃走。

愈想愈覺得束手無策。

「那麼，艾蓮認為該怎麼辦才好？」

「以人類的力量根本無計可施。以我的能力，想不到能確實致勝的手段。可是，倒是能想到幾個或許能贏的方案。」

「如果有可能性就足夠了。那麼，是什麼方案。」

「……就是借用夏娃的力量。說穿了，那股暗黑力量是由前任魔王賜予吉歐拉爾王的。那原本就是魔王所使用的力量。既然這樣，理論上夏娃應該也能運用自如。而且比用【賢者之石】勉強自己去適應力量的布列特更強。」

她注意到這點了嗎？

我是因為【恢復】過前任魔王才知道這件事。

暗黑力量會從魔王體內持續湧上，總有一天將奪走魔王的理性，從內側改變本人。同時，也是魔王的力量來源。

如果是夏娃，就能運用暗黑力量，而且或許還能從布列特給予暗黑力量的人身上，奪走那股力量。

然而，這也代表夏娃會受到暗黑力量侵蝕。要是她有意使用那種力量，暗黑力量的侵蝕將會進行到無可挽回的地步，總有一天夏娃會不再是夏娃，在真正的意義上變成魔王。

「還有另一個方案。就是借用神鳥咖喇杜力烏斯的力量。如果是神鳥咖喇杜力烏斯，或許會知道那股暗黑力量是什麼。不僅如此，甚至有辦法做出對策……或者，祂可以做出用來殺死得到暗黑力量之人的疾病。因為，同為神獸的紅蓮就有辦法燒死他們。」

「全都得靠夏娃啊。」

「是的，畢竟對手特殊，如果要以正攻法對抗，我們這邊也得使用那樣的牌。」

我無法否定這句話。

但是，我不想選擇那種手段。

就算真的戰勝，夏娃也會遭到暗黑力量侵蝕，或是被神鳥吞掉性命。

夏娃已經用了兩次神鳥之力。第三次就算不足以致死，也不可能平安了事。

一個不小心，或許會變成只是活著的存在。

我不要。因為夏娃是我的戀人。

「如果不用正攻法，還有什麼手段？」

「有兩種。第一個方法除了得以凱亞爾葛哥哥的性命當作籌碼之外，勝算也很小。那個男人對凱亞爾葛哥哥很執著。所以要將凱亞爾葛哥哥作為貢品，懇請他放我們一條生路……然後，凱亞爾葛哥哥雖然會被那傢伙當成玩具，但也能同時等待機會殺死那傢伙。」

「這方法不錯。可以輕鬆營造出與那傢伙一對一的局面。」

「是的。可是，布列特肯定能看穿我們的企圖。然後，會故意接受這個提案。而且會想好百分之一百二十不會被殺的對策。要是一個不小心，凱亞爾葛哥哥會什麼都辦不到，一輩子當那傢伙的玩具……不，不是一個不小心，只要沒發生奇蹟就肯定會演變成這樣。」

只要不發生奇蹟就不會成功，即使成功，我也會失去許多東西……

就算這樣，好歹還有獲勝的可能性嗎？

「麻煩妳告訴我第二個。」

「好，老實說，我覺得以現在的狀況來說已經輸掉了九成。打算在之後贏回來就是種錯誤的想法，所以，乾脆直接翻桌重來就好。」

「妳講得太抽象，我不是很懂。」

「……將凱亞爾葛哥哥的【恢復】擴大解釋之後，擁有能辦到一切的異常特性。以我的角度來看，你至今已經用過許多不論怎麼看都不像【恢復】的力量。」

「是啊。那就是我的強項。」

「所以，只要進一步擴大解釋，我認為應該能【恢復】這個世界本身，甚至倒退時間。」

我打從心底震驚。

因為她說中我在第一輪時得到的結論。

「理論上的確有可能的。不過那是理論上。就算我到了這個等級，也沒辦法使用那麼強大的力量。」

「力量的話是有的……只要模仿布列特的做法，使用【賢者之石】就好。如果凱亞爾葛哥哥搭配那個使用【恢復】，肯定辦得到。」

【賢者之石】。是魔王的心臟，也是究極的魔道具。是能以非比尋常的幅度增幅魔力、強化概念的裝置。

能讓我這種擴大解釋的【恢復】更加進化，甚至能達成荒唐無稽的夢想。

「不就是因為妳說的【賢者之石】被奪走，事情才會變得這麼麻煩嗎？」

「不是還有嗎？凱亞爾葛哥哥也注意到了吧？」

艾蓮輕描淡寫地這樣說道。

「妳該不會是指夏娃吧？」

「是的，現任魔王夏娃．莉絲。挖出她的心臟就能得到賢者之石。如果是凱亞爾葛哥哥，隨時都能趁她不備下手。」

「這種事，再怎麼說都……」

「我也很討厭這樣。我姑且也認為她是朋友。可是，我們能換個角度思考。反正就算殺死她，只要時間倒退，她自然會起死回生。一旦時間倒退，就請你別管三七二十一，一開始就殺了布列特。這樣一來，一切都會順利進行。」

看到艾蓮像這樣笑著說出這件事，我在真正的意義上，理解她還是那個諾倫公主。

她真正的才能，就是選擇最佳手段時，絲毫不會有任何猶豫。

她可以輕易選擇人會下意識迴避，甚至無法想像的手段。

「……我不會用這個手段。」

「不是不能用，而是不會用嗎？」

「沒錯。即使不動用神鳥的力量，也可以嘗試看看是否能與神鳥溝通。像這樣在思考對策的期間，也準備好由我當誘餌的方案吧。」

「這樣可以嗎？你一定會後悔喔。」

「嗯，這麼做有可能贏。那麼，我想賭在這個可能性。」

「既然你都這麼說了，我會照辦……畢竟我也不想忘記與凱亞爾葛哥哥相處的時光。」

出乎意料的是沒有任何反駁，艾蓮乾脆地就同意了自己說勝算渺茫，要是成功的話堪稱奇蹟的作戰。

……令人莫名在意。艾蓮的理解能力很強。可是，她會像這樣在某種意義上放棄自己身為軍師的責任嗎？

如果是講究合理性的艾蓮，應該會拚命說服我才是。

不知道是不是看透我的內心，艾蓮笑著向我搭話。

「就算知道勝算渺茫，我也會為了提高勝率而做到盡善盡美。」

「嗯，拜託妳了。」

我壓抑湧上胸口的疑惑。

不管發生什麼事，艾蓮至少也不會背叛我。

這是她的生存之道。

不管發生什麼事，艾蓮都會為了我使用自己的力量。

既然都決定好方向了，我還是別多嘴吧。

這部分就交給艾蓮，我去做自己能做得到的事情吧。

第二話 回復術士糾結

離開艾蓮身邊，我現在是一個人。

我把剎那也留在艾蓮那邊。

因為，我無論如何都想一個人思考。

所以我在吉歐拉爾王國最美麗的場所，芙列雅公主所打造的庭園繼續思索。

「事情演變成這種狀態，就已經輸了嗎……不愧是超一流的軍師。既嚴格且正確。」

我明白艾蓮所說的話。

我們幾乎算是輸了。

即使接下來持續採取最佳手段，光是這樣也仍舊贏不了。

現在要逆轉這個局面，要不是祈禱對手失誤，再不然就是奇蹟出現。可是期待對手犯錯根本沒道理，以奇蹟為前提更是蠢蛋才會做的行為。

應該要捨棄感情面，採用艾蓮說的方法。

只要犧牲夏娃，借用神鳥咖喇杜力烏斯就能創造勝機，而且說真的也不用這麼做，她主張的最佳手段是現在立刻挖出夏娃的心臟，令時間倒退，這也是理所當然。

這點我很清楚。

反正就算殺死夏娃，時間一倒退她就會復活。不需要做出任何犧牲就能得到最好的結果。

但即使如此，我的心也在喊著Ｎｏ。要是這麼做，我會不再是我。

多餘的感情會成為枷鎖。

然而，一旦捨棄這道枷鎖，我不惜重頭來過而得到的第二輪人生就會失去意義。

我早就決定要照自己的想法行動，打造一個自己相信的理想世界。

既然如此，我就不會選擇犧牲夏娃的手段。

「只不過，還是得先留在腦海一隅才行。」

……根據今後的狀況發展，或許會沒辦法再讓我講這種天真的話。

一旦失敗，並非是我成為布列特的慰安婦就能了事。

布列特肯定會凌辱我的女人們，並遊街示眾。為了獨占我，他會試圖剝奪我執著的一切。

那傢伙就是這種人。

要是我的所有物、戀人以及玩具遭受那種對待，我有辦法忍受嗎？

萬一這樣的命運確定時，我到底會做出什麼樣的選擇？

◇

我在當天就完成了所有該做的事前準備，隨時都能出發。我趁昨天盡情地疼愛艾蓮與克蕾赫。我聽了她們兩人考慮到萬一的要求，沒有避孕。

儘管有可能懷上孩子，但我認為這樣也沒什麼不好。

然後，我們終於為了打倒布列特而開始行動。

首先，必須最優先處理的事情有兩件。

第一件事，就是將卡士塔王子送回他的故鄉恩力塔王國。

得讓他將葛蘭茲巴赫帝國所發生的世界散播到全世界才行。

這件事不能交給別人。就算聚集了吉歐拉爾王國的精銳，要以黑色怪物為敵依舊無法占上風，也沒辦法保證能確實將他送回恩力塔王國。況且這樣實在太花時間。

再來，就是前往夏娃身邊，取得魔族與魔物的協助，並請神鳥授予知識。

這件事也是非我不可。

所以，我必須要經由恩力塔王國，再前往魔王領地。

「凱亞爾葛哥哥，祝你戰無不勝。」

「抱歉，現在沒辦法把艾蓮調離這裡。」

「嗯，我知道。呼，好不容易把這個國家打理成就算我不在也依舊能夠運作的說。沒辦法和凱亞爾葛哥哥在一起就沒有意義了……」

「沒這種事。正因為艾蓮把這個國家治理成妳不在也有辦法運作，所以妳才能先暫時拋下國家大事，集中精神思考如何對付布列特。這可是大功一件。」

「雖然我很開心受到誇獎，但這樣講我就沒辦法抱怨了嘛！」

艾蓮鼓起臉頰。這個舉動令人無法想像她是個才能出眾且冷徹的軍師。

「也很對不起克蕾赫。得麻煩妳擔任護衛。」

「不需要道歉。能被凱亞爾葛拜託，反而令我開心。無論發生什麼事，我都不會讓艾蓮死去。」

「拜託妳了。失去艾蓮的當下就等於我們輸了。而且，能保護艾蓮的也只有妳。」

我決定也將【劍聖】克蕾赫先安置在這裡。

儘管會減少一大戰力，但這也是無可奈何。

畢竟絕對不能失去艾蓮。

因此，現在要前往恩力塔王國王國，以及魔王領地的成員，是我、剎那、芙蕾雅、紅蓮，以及卡士塔王子。

「嗯，凱亞爾葛大人。隨時都能出發。」

「飛機這邊也準備就緒了。」

剎那與芙蕾雅接連搭上飛機。

「卡士塔王子，你是國賓。本來的話應該要以更禮貌的方式接送。但這次會以速度為最優先考量。」

為了讓飛機減輕重量，只帶了最低限度的行李。

囤積的糧食也頂多是乾糧與水，若是一般王族，肯定會對如此簡樸的旅行暴跳如雷。

「何樂不為呢。要是在這種狀況下還提議要備妥豪華馬車與出色護衛踏上旅程，我反而會捨棄這個國家。現在最為寶貴的就是時間。而且，艾蓮的提案也很出色。這次作戰，恩力塔王國也會盡一份力。」

「非常感謝。我很期待閣下在祖國的活躍。」

艾蓮以優雅的舉止行了一禮。

昨天，艾蓮與卡士塔王子後來進行了會談。

內容是關於吉歐拉爾王國與恩力塔王國的同盟，以及接下來該如何應付葛蘭茲巴赫帝國。

畢竟兩個人看待局勢的水準相同，更重要的是，他們彼此都認為現在並非是考量自國利益的時候，因此很順利地就決定好了各種大小事宜。

這證明他們兩人都非等閒之輩，才能這樣如魚得水。

「主人，快點上來的說！」

可愛的聲音響起。是坐在前方的小狐狸所發出。

「紅蓮不是討厭搭飛機嗎？」

「因為紅蓮注意到了說。就算墜落紅蓮也不會死的說！」

確實是這樣。這傢伙就算自力飛在空中也沒什麼好不可思議。

「那麼，大家走吧。首先是恩力塔王國。」

「是！地圖我也大概看得懂了，應該不會迷路。操作方面也已經駕輕就熟。」

儘管這種話由芙蕾雅這個路痴口中說出實在難以令人信服，但考量到將來，為了讓她熟練還是讓她放手去做吧。

「嗯。走。」

「一路狂飆的說！」

「……如果可以盡量在確保安全的狀況下趕路，我會很感激的。」

就這樣，全員上機後，芙蕾雅以風魔術令飛機起飛。

希望恩力塔王國平安無事。

這次的旅行還有一個目的。

就是要確認目前世界各國是否安然無恙。

畢竟沒辦法否認已經有好幾個國家遭到併吞的可能性。

正因為如此，這次我們打算以不繞遠路為前提通過各個國家的上空，盡可能在旅行途中確認各國狀況。

◇

芙蕾雅說她開始駕輕就熟的話是真的，飛機目前飛行的速度只比所能承受的最大強度稍微低了一些。

方向也沒有偏移，筆直往前飛。

飛行方式相當理想。

已經過了半天以上，目前看過好幾個國家，但看起來並沒有發生嚴重騷動。

「如何，凱亞爾葛大人？」

「很完美。無可挑剔。」

我這樣說完，芙蕾雅就稍微加快了速度。

她心情大好地哼著歌。

「【癒】之勇者大人，這台機器果然出色。是否可以設法量產呢？」

感覺卡士塔王子之前也說過同樣的話。

「我也這樣想，但畢竟沒辦法取得用來當材料的龍素材，況且就算有辦法量產，若非超一流的魔術士也是難以駕馭。」

老實說，這種飛行方式相當亂來。

就算將這台大量生產，想必也無法徵召到駕駛者吧。

「目前確實是這樣。不過，我是這麼認為的。只要重複改良，逐步刪減無謂的部分，飛行時所需的力量就會減少，能操控的人也會隨之增加。況且，我們總有一天或許會得到無須仰賴魔力的動力……到時候，戰爭的存在方式、流通等等，所有一切都會逐漸改變。」

「也對，或許會有這樣的未來。但為了創造那樣的未來，我們得先設法對付布列特。」

「說得也是。現在是人類存亡之際的關鍵時刻。只不過，我一直很在意一件事。【砲】之勇者內心所期盼的世界究竟是什麼？」

布列特所期盼的世界嗎？

「如果要相信那傢伙的話，就是身邊簇擁著自己喜好的美少年的樂園。然後，他會停止那些美少年的時間，藉此永遠維持他們的美麗，不斷疼愛。」

「既然如此，說不定有交涉的餘地。雖說這種講法很極端，但我們大可投降。讓他盡情地去挑選自己喜好的美少年。不然，就由我們選出精挑細選的美少年，教育他們之後，再每年獻給他就好。以此為由懇求他別毀滅我們的國家。」

「意思是要獻上祭品，讓他安分點嗎？簡直和邪神沒什麼兩樣。」

「正是如此。那已經不是人類，而是歸類在那種類的生物。如果只是那點程度的損失，我們應該接受才是。」

聽他這樣說也有道理。

要是透過這樣的交涉就能了事，每個國家一年大概只須犧牲十人或二十人。可以說是性價比非常高的做法。

「只不過，要與那傢伙交涉得賭上性命。被變成黑色怪物的風險實在太高。」

「我有同感……可是，好吧，我也會試著探討這個路線的可能性。畢竟任何手段都應該嘗試。」

這傢伙果然很聰明，而且想法很柔軟。

「吉歐拉爾王國也是，不，應該說艾蓮也思考過和你相同的手段……布列特對我很執著。所以派出一群以我為首的少年灑餌，照你說的那樣宣誓服從。這項作戰，會與之前和卡士塔王子說過的作戰同時進行。」

「這樣啊，如果是那個叫艾蓮的女孩，確實會想到這種手段。」

「但是，那終究還是演戲。對方信任我們的這段期間，吉歐拉爾王國不會蒙受災情，而且我會在成為布列特的慰安婦的同時，找出破綻殺了他。」

卡士塔王子笑了。

「看樣子她相當信任你呢。這種做法，會受到影響的人並不是只有你。在暗殺失敗的瞬間，吉歐拉爾王國就會因對方報復而滅亡……你啊，把這件事告訴我好嗎？或許我會以這個情報當作伴手禮，設法只讓恩力塔王國得救。」

「因為我們是同盟者。說起來，要是不能相信恩力塔王國就沒戲唱了。那麼，與其讓你胡亂行動對我們的策略帶來壞影響，先講清楚才是明智之舉。」

「哦，這也有道理。我跟你約定。不會妨礙你們的行動。」

我相信這句話。

應該說，也只能相信了。

穿過雲層後視野一口氣拓展開來。卡士塔王子往前探出身子。

「哈哈哈，居然能這麼快就回來。喔，時間剛好。各位，請看下面。這就是我的國家，美麗的恩力塔王國！」

恩力塔王國的首都，恩力塔。

這裡是水之都，被譽為世界最美的藝術都市。

城鎮的景緻在眼底下一覽無遺。

這裡是石造街道，每棟建築物都有獨特品味。

最特別的是整個城鎮都清掃得無微不至。甚至讓人覺得很不自然。

而這個祕密就在我們眼前揭曉。

「嗯，好驚人。非常漂亮。」

「哇，有彩虹。」

「整個城鎮都被沖洗的說！」

水從城鎮中心一口氣湧出，就這樣流過通道，沖掉所有垃圾以及灰塵。

這是為了讓融合魔術與科學的城鎮維持乾淨的系統。

每週會像那樣沖洗城鎮一次，打掃街道。

在途中還做了將垃圾分類的巧思，沖過的水在淨化之後，會確實地留下養分再流入湖泊，成為魚群的養分。

「這就是藝術與水的城鎮啊。實在令人嘆為觀止。」

「這是我引以為傲的國家。我也放心了，看來那幫傢伙的魔爪還沒伸到這裡。你們應該至少會待個一天吧？」

「是啊。天色也已經暗了。夜間飛行很危險。」

「那麼，就容我竭盡全力款待各位吧。我想答謝你們救了我一命。」

這想必是藉口。

他真正的目的，是維持提議作戰的立場，同時照自己的想法操控我們。

「好吧，恭敬不如從命。」

我明明知道，卻依舊順著他的話。

因為我很期待這個男人，他或許已經想到連我與艾蓮都沒想到的計策。

第三話 回復術士享受水之城鎮

我們來到了藝術與水之城鎮，恩力塔王國。

自然與人工造景巧妙地調和，即使只是像這樣從天空俯瞰，也令人看得如痴如醉。

恩力塔王國，可說是在真正的意義上擁有成熟文化的國家。

該國歷史悠久，吉歐拉爾王國根本無法相提並論。

剛才用來清掃的系統，也能根據狀況作為用來驅逐外敵的武器，而覆蓋建築物的防壁，與吉歐拉爾王國相較之下也毫不遜色。

莫大的儲水量、淨水系統，再加上牢固的防壁，防壁內的糧食生產力也很高。

這個都市在持久戰上無人能出其右。更何況我聽說士兵也個個都是精銳。

一般方式沒辦法攻下這裡。

……然而，就連這個恩力塔，在那群黑色怪物的面前也是束手無策。

只要遭到暗黑力量侵蝕的居民進入都市從內側作亂，幾乎任何防衛設備都會形同虛設。

而且，吉歐拉爾王國也有辦法攻略這個國家。只要芙蕾雅像現在這樣坐在飛機上再展開轟炸就結束了。

剛才，卡士塔王子雖然說將來想量產飛機，而且希望不再有人選上的限制，但那樣的未來對既存的防衛機構來說，根本是派不上用場的多餘道具。

「那個，我該在哪裡著陸？」

芙蕾雅詢問卡士塔王子。

「降落在城堡的庭園。從這裡應該也看得見。」

「嗯，看得見。可是，上面明明長了那麼漂亮的草坪啊。」

「沒關係。因為那裡是最快最安全的地方。」

「……我明白了。」

芙蕾雅將飛機切換為著陸模式

居然不惜使用那般出色的庭園，實在很有膽識。

我開始期待卡士塔王子會怎麼款待我們了。

◇

抵達庭園後，看守的士兵理所當然地蜂擁而上。

當卡士塔王子率先從飛機露臉後，士兵們便單膝跪地。

並非是基於義務才這麼做，這是出於對他的信賴與尊敬。

「我回來了，雖說比預定還早，不過是因為出了狀況才先回來的。」

「歡迎回來，卡士塔王子。想不到您會搭乘鋼鐵大鳥回來，真是令人驚訝。他們究竟是誰？話說約爾姆大人以及梵茲大人呢？」

「他們在葛蘭茲巴赫帝國遭到殺害。只有我被他們所救，好不容易才回到這裡。」

在場眾人都露出沉痛表情。

猶如卡士塔王子受到景仰那般，被殺的他們也同樣受到仰慕吧。

當時，他們看到我打算捨棄卡士塔王子以外的所有人，卻是拜託我照顧卡士塔王子，目送我們離開。

在那一瞬間，他們就判斷至少得讓卡士塔王子逃走，隨即做好一死的覺悟，光從這點也能知道他的部下相當優秀。

「之所以會快點回來，並且邀請吉歐拉爾王國的成員來此也是因為這個理由。幫我通知齊林葛，立刻做好迎賓準備……吉歐拉爾王國的各位，請先暫時休息片刻，畢竟我們也得先準備一下。」

「嗯，待會兒再碰面吧。」

要分享情報給部下。而且，他想必還要整理待會兒要告訴我們什麼。

好好去思考吧。

因為那對我們而言說不定也有正面效果。

◇

由於水源豐富，因此可以使用浴池。

我們沖洗汗水與髒汙，換上對方準備好的衣服。

水質良好，感覺非常舒服。

準備的衣服觸感也不錯，穿起來實在很舒服。這是絲綢吧。

絲綢是超高級品，而且因為是稀有物品，想取得也頗有難度。

從他們把絲綢用來款待客人的這點來看，證明他們擁有非比尋常的財力。

當我們在房間放鬆一段時間後，傭人便來告訴我們已經備妥了餐點。

後來走了一段路，紅蓮與剎那這兩個嗅覺敏銳的傢伙立刻抽動鼻子。

「有美食的味道的說。令人流口水，感覺很好吃。在吉歐拉爾王國的伙食並沒有很好，所以紅蓮非常非常開心的說。」

「嗯，剎那也這麼覺得。」

「因為現在的吉歐拉爾王國沒錢。自然沒辦法揮霍。」

從前的輝煌時期已消失無蹤，如今的吉歐拉爾王國財政緊縮，沒辦法嚐到什麼美食。

唯一的救贖，就是把那些光是花錢不事生產，既得利益者的貴族挨家挨戶地打掃乾淨。

這點倒是可以稱為吉歐拉爾王的功績。

盡可能勤儉，接收那群死去貴族的財產，依次將金錢分配在振興上。

吉歐拉爾王的失控所造成的創傷就是有這麼嚴重。

傭人們帶領我們走到的房間鑲有玻璃，光線從外頭射入，房間裡面有人工水池，裡面有水流動，更有五花八門的魚群在游泳，呈現出雅緻的景象。

明明太陽已經西下卻依舊如此明亮。恐怕是以魔術的力量營造出虛假的太陽吧。

「真是相當風雅的房間。」

「這是恩力塔王國款待最高級別的貴賓時所使用的。希望【癒】之勇者一行人能喜歡。」

「我們當然中意。不僅是我，我身邊的人更是如此。」

紅蓮與剎那掛著平常不會看到的孩子表情，看著在人工水池游泳的魚群。

儘管總是讓她們做些血腥的事情，但紅蓮畢竟才剛出生，剎那也才十五六歲。

其實以她們的年紀來說，就算天真無邪地玩耍也很正常。

可是卻因為我的關係，把她們拉著到處跑。

……假如一切落幕，到時我想讓她們看看各種美麗的事物，希望讓她們也享受性愛以外的樂趣。

然而要這麼做，卻必須比讓她們以前更加努力，實在矛盾。

「凱亞爾葛大人，有水流動的庭園真不錯呢。我也想在吉歐拉爾王國導入這種系統。」

芙蕾雅似乎也很中意，呼吸顯得很急促。

「可是會花上一筆天文數字，況且我們也沒有技術做出這樣的設備。要實現應該很難。」

玻璃非常高價。而且像這種描繪出美麗曲線的玻璃屋頂，得要求工匠擁有非比尋常的高度技術。

這個房間，想必也是用來將財富與技術展現給其他國家。

「哈哈哈，畢竟玻璃是恩力塔的名產。好啦，各位坐吧。讓我們一邊用餐，同時討論今後的計畫。」

卡士塔王子拍了拍手。

廚師聽到後頓時現身，用網子撈了池裡的魚。

然後，當場切開製成生魚片。

「雖說生吃最為美味，若有人不敢吃生魚，廚師會幫忙烤成半熟。」

「我吃生的就可以了。」

「紅蓮也要生吃的說！」

「嗯。生吃感覺很美味。」

「請幫我烤熟。」

除了芙蕾雅以外都希望生吃。

吉歐拉爾王國沒有吃生魚的文化。她想避開也是無可厚非。

芙蕾雅那份是將魚放在用奶油過熱的平底鍋上，將表面快速烤過。

剩下的則是分裝在盤子。生魚片被重新擺回原本所在的場所，以簡直就像魚還活跳跳的方式裝盤。

外觀也讓人樂在其中的這種巧思並不壞。不過芙蕾雅倒是一臉僵硬，能不能對這種事感到樂趣，會根據價值觀而定。

最後再搭配以醋為基底的調味料與蔬菜就完成了。

這條魚的顏色呈現淡粉色，與盤子的白色及蔬菜的綠色非常適合。

而這是主菜，其他還端上了肉類料理、麵包以及濃湯。

我們一就座，各自的杯子就倒進了葡萄酒。

光是香味，就可以知道是最高級別的古董品。即使投入一般人整個月的薪水，恐怕也沒辦法倒滿整個杯子。這種葡萄酒就是那種級別。

「那麼，祝恩力塔王國與吉歐拉爾王國繁榮興盛，乾杯。」

「乾杯。」

我們舉杯，在乾杯之後一口喝下。

原來如此，上等的葡萄酒不僅美味，還會令人有幸福的感覺。

僅僅含在嘴裡就讓人恍惚。

而且，直到剛才還活蹦亂跳的魚肉自然很新鮮，飽含油脂的紅色生魚片，在嘴裡甜美地融

化。

「凱亞爾葛大人，這條魚，非常好吃。和冰狼族村落附近能捕到的鮭魚很像，但這個來得好吃多了。」

「紅蓮要再來一盤的說！只吃一條不夠的說！」

剎那與紅蓮以驚人氣勢瞬間吃完一條。

卡士塔王子露出微笑，立刻吩咐下屬再準備一盤。

「……雖然我很怕生吃，但看起來非常美味。」

「芙蕾雅，要不要嚐個一口試試？我可以保證不會染病，也沒有寄生蟲。」

鮮度是掛保證的，正因為人工水池清澈潔淨，所以既沒有附著病原菌，也沒有寄生蟲侵入的餘地。

「那麼，我吃個一口……啊，好美味。我原本覺得魚的口感乾巴巴的，並不是很喜歡，原來生吃是這麼新鮮。」

「是啊。不過在別的地方，最好別像這樣吃淡水魚。」

姑且不論鹹水魚，但一般來說，要生吃淡水魚有相當大的風險。能夠享受到這種味道可以說是最大的奢侈。

「我也非常喜歡吃這種魚。這個人工水池，就是為了生吃這個而打造的。」

「有錢人做的事果然不一樣。」

「哈哈，我認為這是金錢不錯的用途……好啦，差不多該聊聊今後的事情了吧。試問【癒】之勇者，以現狀來看，我方的勝利條件與敗北條件是什麼？」

勝利條件與敗北條件。

要定調這兩點是理所當然，但也因此容易遭到忽視。

然而，不確實釐清這個部分，就無法決定作戰的原則。

「勝利條件，就是布列特的死，並徹底消滅暗黑力量；敗北條件，就是吉歐拉爾王國與恩力塔王國遭到併吞，世界落入布列特手中。」

「我繼續提問。一旦布列特死去，暗黑力量就真的會消失嗎？我認為這是你的布列特暗殺計畫最大的漏洞。假設你運氣好殺死了布列特。可是暗黑力量卻沒有消失的話，你就會當場遭到怪物包圍，死於非命。而且，也會出現代替布列特統率軍隊的存在，報復吉歐拉爾王國。我想我們應該也要假設這樣的未來。」

不愧是一國之君。

不僅看見了所有可能性，指謫也很正確。

打倒萬惡根源就能解決一切，有這種天真想法反而莫名奇妙。

「我不否認這樣的可能性。但是，吉歐拉爾王那時是打倒本體後其他就消失了……我只能說這種狀況的概率很高。不管怎麼樣，在這種狀況下，也只能賭上那個可能性。」

「確實。目前的狀況不容許我們挑三揀四。可是，如果是我應該有方法做個保險。若是我

們恩力塔王國的話。」

這樣說完，卡士塔王子開始說明自己的方案。

「……這種事有可能嗎？」

「我從沒說過無法實現的話。一言既出駟馬難追。如果是用這個方法，就不會妨礙到你們的計畫。不，反而會成為你們的助力才是。」

「交給你了……抱歉。」

這是非得讓恩力塔王國做出犧牲的方法。

但是以現狀來看，自然會想稍微增加能提高勝算的要素。

「沒必要道歉。因為這也是恩力塔王國的戰鬥。付出犧牲是理所當然。」

「我不應該道歉的。原諒我。看來，我似乎在內心某處認為這是屬於我們的戰爭。」

「明白就好。我再強調一次，這是賭上人類存亡的戰爭。恩力塔王國也是當事者。正因為如此，我們必須要盡力而為。另外，你之後會去魔王領地對吧。一旦查明什麼，還請麻煩跟我聯絡。我希望盡可能拿到更多情報。」

卡士塔王子彈了響指，隨後便拿來了一個鳥籠。

「這是經過精心訓練的傳書鴿。不，算是鳥類魔物吧。」

「牠與一般的傳書鴿不同，不只會因歸巢本能而回來，還能記住使用者的魔力往返兩地。沒有比這更高速且安全的通訊手段。我想將這兩隻託付給你。」

運到眼前的是兩隻美麗的大型白鴿。

這恐怕並非能隨便運用，而是屬於國家機密的道具。只要有如此快速且確實的資訊傳遞手段，便能在情報戰上徹底領先他國。

「我跟你約定。一旦掌握新情報就會告訴你。因為我很期待卡士塔王子的頭腦。」

「我會盡棉薄之力。祝你戰無不勝。」

我們緊緊握手。

卡士塔王子的提案提高了些許勝算。

只要照這個狀況累積下去，或許就能打倒布列特。

不，一定要打倒他才行。

等天一亮，我打算立刻動身前往夏娃身邊，得到她的幫助，從神鳥身上打聽出情報，進一步提高勝利的可能性。

那個男人，明明在第一輪對我所做的事就是萬死也不足惜，在第二輪也依然做得過火。

……我會讓他體會到比我在這個世界所復仇的任何對象更殘酷、更悽慘的折磨之後再殺死他，否則難消我心頭之恨。

為了這個目的，我願意做任何事，也會無所不用其極。

第四話 回復術士與魔王重逢

我聽到卡士塔王子的策略後為之震驚。

艾蓮也有想到這個策略。不過，因為這麼做得強迫恩力塔王國做出重大犧牲，艾蓮認為要讓恩力塔王國點頭同意，就必須以威脅的方式逼迫他們。

然而，卡士塔王子卻主動說要執行這個策略。

他證明了之前自己說過的「我們並非要協助吉歐拉爾王國，而是要共同戰鬥」這句話。

我再一次體認到救了他是正確決定。

我們接下來要前往魔王領地，卡士塔王子要趁這段期間散播葛蘭茲巴赫帝國的惡行。

一切都是與時間的戰鬥。

不論我還是卡士塔王子，都要全力以赴做到最好。

◇

我們正在嘗試首次的夜間飛行。

為了盡早抵達目的地，這麼做有其必要。

只要有芙蕾雅的魔力量與魔力回復量，再加上我的【恢復】，理論上是可能的。

我們仰賴月光，不看地上而是只仰賴測量儀器飛行。

目前高度足夠，不會撞上障礙物。

為了以防萬一，唯一的確認就是前進路線上是否有大型群山。

「芙蕾雅，差不多該換手了。」

「啊，好的，拜託您了。」

芙蕾雅停止使用風之魔術。

由於飛機失速，高度開始下降，我立刻發動風之魔術使其穩定。

我這次打從一開始就考慮到換手的問題，與芙蕾雅比肩而坐。

其他成員正睡得很沉。

「妳先睡到天亮為止。夜間飛行肯定耗費了妳大量精神力吧。」

「說得也是。在伸手不見五指的地方飛行，既令人不安又害怕，感覺都快發瘋了。」

「這也無可厚非。在這種狀況下，我其實原本也不認為芙蕾雅能這麼長時間進行正確的飛行。」

「呵呵，我很努力喔。」

消耗的魔力能來得及恢復。疲勞也能透過【恢復】消除。

就算這樣，唯獨內心的疲勞是我也無能為力。

芙蕾雅雖然笑著，但應該相當疲憊。

「那個，凱亞爾葛大人，我有件事情一直想問您。」

「怎麼了？」

「凱亞爾葛大人，如果不是我會錯意，您看起來顯得非常焦躁。」

「那當然了。因為那種黑色怪物正在逐日增加。狀況會以天為單位不斷惡化。」

「我不是這個意思，雖然很難說明，但凱亞爾葛大人的感情全都向著布列特，要是殺了那個叫布列特的人，感覺您之後會變成一具空殼。」

……想不到居然會被芙蕾雅識破。

復仇之旅已進入佳境。

折磨了【術】之勇者芙列雅，讓她侍奉我。

徹底地奪走了【劍】之勇者布蕾德的尊嚴，讓那傢伙認清自己是個女人後殺了她。

從我身上奪走一切的吉歐拉爾王國，則是將其消滅，變成我的國家，如今我的復仇對象只剩下布列特。

只要將布列特推落地獄，我的復仇就會落幕。

我向自己的女人們宣稱是為了世界和平才踏上旅程。沒有把復仇的事情告訴她們。明明如此，打倒布列特後就會結束這件事，居然會偏偏被芙蕾雅識破。

「算是吧。我和那傢伙有些私人因緣。況且……我不只是為了世界和平，也是為了某個目的才繼續這趟旅程。而那也要結束了。」

「那個，凱亞爾葛大人不會消失不見吧？」

消失不見嗎……

如果是從前的我或許會選擇這麼做。

結束復仇，變得一片空白，連自己接下來該做什麼也不曉得。

不過，那是指從前的我。

「我向妳保證。不會發生那種事。就算旅程結束，人生依舊會持續下去。我不可能會丟下這麼棒的女人吧。」

自然地脫口說出這句話。

從前，我將芙列雅公主變為芙蕾雅時是這樣思考的。

消除記憶，植入虛假的愛情，讓她與自己看不起的下賤男人彼此相愛，最後還對好幾百名吉歐拉爾王國的士兵下手。

然後，在合適時機讓她取回記憶，看看她會有多麼絕望，多麼痛苦。事實上，我也確實讓她做了這些事。

芙蕾雅不斷地主動渴求我，享受魚水之歡，傾訴愛意，不僅是吉歐拉爾兵，她甚至對自己的父親吉歐拉爾王下手。

我讓她做的事情，已經足以毀壞芙列雅公主。

再來只要恢復記憶，就能完成我對芙列雅公主的復仇。

可是，我現在認為比起這麼做，更希望她以芙蕾雅的身分待在我身邊。認為這麼做比復仇來得重要。

……這樣的心境變化，是我剛重啟人生時所無法想像的。

是我變天真了嗎？不，並不是。

這是與芙蕾雅度過的時間累積起來的結果。

「是真的嗎？」

「嗯，我不會丟下妳們。」

人生並非是為了復仇而存在。復仇是為了讓我幸福的娛樂手段。要是找到比那更開心的事情，優先順序改變也很正常。

「絕對喔。請您絕對別消失不見。」

「我跟妳約定。」

我以非常平穩的心情點頭。

……我絕對要殺了布列特。不過，一旦這件事落幕，到時就與我的女人們幸福地生活吧。別再打打殺殺，而是平靜地度過餘生。

在魔王城，我們告知龍騎士們戰死的消息，明明有我陪著卻依然演變成這種事，為此賠罪。

……看到我賠罪的那些人並沒有動怒，只是對此感到惋惜。

也沒有發出怨言。

他們是戰士，早就對這種事情做好覺悟。

正因為這樣，我才會覺得很愧疚。

中了布列特的陷阱，眼睜睜地看著他們與麾下的龍戰死。

（我一定會為他們報仇。）

後來，我傳達魔王軍幾項事情後，便前往夏娃身邊。

由於這件事得促膝長談，所以我要剎那等人先在其他房間休息。

我走入晉見之間。

護衛的魔族與我交換離開了房間，我們變成兩人獨處。

原本規定一定得有護衛待在魔王旁邊，但我是夏娃的騎士。有我在自然不需要護衛。

◇

多虧我們一邊換班一邊通宵飛行，抵達魔王領地的時間比預定快上許多。

許久未見的夏娃坐在魔王的王座上，同時鼓起臉頰。

「夏娃，最近過得如何？」

「第一句話是這個？你該講些更像戀人的話嘛。」

「抱歉，我沒有考慮得那麼周到。所以，最近怎麼樣？」

「我很有精神，這邊也很和平。和平到我反而會起疑心。明明應該有很多人在打壞主意啊。」

「畢竟事前已經大掃除過了。」

儘管想把魔王當作單純的裝飾，趁機掌握實權的笨蛋意外不少，但在採納艾蓮的建議，並重新教育他們之後，就變得老實了許多。

而且，留在這裡的星兔族父女辦事效率很好，這點也占了很大一部分。

「你那邊如何？打倒布列特了嗎？」

「不，讓他逃走了……不對，因為沒有勝算所以我才逃了回來。真丟臉，丟臉到我想親手殺了自己。」

「原來凱亞爾葛也會有輸的時候。」

「大部分的狀況我都有設法應付的自信，但那傢伙用【賢者之石】引出了連魔王都難以駕馭的那股力量。而且他還能將那分給其他人類，藉此增幅他們的能力。我完全束手無策。」

「……區區人類居然能做到這種事。」

「只要有【賢者之石】，自然能做到這種事，但難以置信的他居然想得到這種手段。」

想像力、情報收集力，以及執行的決斷能力。最令人害怕的是他擁有這所有一切。如果只是空有力量的傢伙能簡單殺死，但布列特並不是。

「回到這裡是為了知道那股暗黑力量的弱點。神鳥咖喇杜力烏斯。如果是那傢伙或許會知道些什麼。而且，知道這件事也會對夏娃有幫助。前任魔王因為那股力量而失去了自我。夏娃總有一天也會變成那樣。」

「這麼突然，我腦袋根本還沒整理好。先等一下，嘶——哈——嘶——哈——我雖然聽不太懂，總之是明白了。凱亞爾葛說的確實有道理。我叫神鳥出來看看。去城堡的中庭吧。這裡要叫神鳥咖喇杜力烏斯出來太狹窄了。」

「也對。感覺牠會撞破牆壁。」

我不想對那頭神聖的白色神鳥做出失禮舉動。

我陪同夏娃走到了中庭。

「只是召喚出來，不會影響到壽命吧？」

「沒事的。雖然魔力會被抽乾，但幸好我成為魔王後力量也增加了，我撐得住。」

「那就放心了。我雖然想得到情報，但夏娃的性命是無可取代的。」

「謝謝你。那個，凱亞爾葛。萬一神鳥說就算是遭到暗黑力量侵蝕的對手，牠也能以疾病殺死，你要怎麼做？」

這句話只意味著一件事。

夏娃的言外之意是，如果犧牲她就能勝利，那我要怎麼做。

「什麼也不做……不，有一種狀況下會使用那種力量。就是不用的話會導致夏娃喪命的狀況。如果再用一次，夏娃並不會死。若是為了守護夏娃的性命，我就會讓妳使用。但是，除此之外我不允許妳動用那股力量。」

要是再用一次，恐怕就連生活自理都有困難，之後再用一次就會喪命。正因為我是回復術士，所以比夏娃更了解她的身體。

「這樣啊，只有在我性命垂危的時候。那個，既然你願意這樣為我著想，我也有自己的想法。就是，我可能會為了凱亞爾葛用那股力量。」

「我不希望妳那麼做。」

「所以我才這麼說啊。因為你是會說這種話的人，所以我才想這麼用。況且我也想對凱亞爾葛報恩。我姑且先說在前頭，真的是在最後的最後才會用喔！」

我啞口無言。

可以感受到夏娃是真心喜歡我。

「我收下妳的好意。但是，我不會讓妳需要這麼做的。」

「嗯，那就好。那麼，我要召喚神鳥嘍。」

夏娃閉上眼睛，提高魔力。

腳邊出現以神代魔法文字所描繪的魔法陣。

空間產生龜裂，神鳥從中探出頭。

從幾千年前就被歌頌為傳說的神鳥。

如果是神鳥，應該也知道那玩意兒的存在。

我一邊祈禱這會成為突破現狀的手段，同時看著她召喚神鳥。

第五話 回復術士得到神鳥賜予的力量

回應夏娃的呼喚，神鳥咖喇杜力烏斯被召喚出來。

狂風襲來，草木沙沙作響。

一如往常的威容。

令人聯想到金色頭冠的雄偉翅膀。神聖且絕對不可侵的羽毛。

美麗且尊貴，教人無法想像是這世上該有的存在。

「以如此頻率召喚吾的主人，汝還是第一個……唔嗯，看來汝已經擁有不付出生命也能召喚吾的力量。甚好。失去久違的主人，吾也會感到無趣。」

神鳥咖喇杜力烏斯似乎看出成為魔王的夏娃實力更勝以往。

夏娃或許是因為被誇獎覺得很開心，引以為傲地點了點頭。

「我已經不再是召喚祢就會倒下的我了。好久不見，咖喇杜力烏斯。」

「唔嗯。那麼，有何貴幹……雖說吾大致上猜得到。主人的衛士身上纏繞的味道。明明主人的門並未開啟，卻纏繞著如此強烈的氣味，代表有人用了邪門歪道開啟了那扇門。」

我臉上不禁溢出笑意。

神鳥咖喇杜力烏斯是否知道暗黑力量是個賭注，但從口氣聽來，祂顯然知道這件事。

而且立刻就得到了情報。

夏娃總有一天會遭到暗黑力量侵蝕。

儘管我可以從前任魔王上奪得的情報推敲出來，但聽了神鳥的話更加確信。

「神鳥，既然有共識就再好不過了。我們……」

我說到這邊，胸口開始蠢蠢欲動，小狐狸探出頭來。

儘管是我說想要兩個人單獨談話，但紅蓮說如果要與神鳥談話，她應該會派上用場，所以才像這樣藏在我的衣服裡面。

「咖喇杜力烏斯大人，不可以說出來的說！以各種角度來說都很不妙的說！違反規則的說！」

紅蓮嗷嗷叫著大吵大鬧。

……好不容易有獲得情報的機會，她竟然打算妨礙我？

我可是因為妳說派得上用場才把妳帶來的耶。

還以為她最近總算親近我了，看樣子是誤會一場。

得教育一下才行。

「咿！總覺得，有股邪惡的氣息的說！嗷！等等，主人，暫停、暫停的說，好痛苦的說。」

「紅蓮，妳居然想妨礙我，葫蘆裡到底賣什麼藥？」

「紅蓮沒有惡意的說，只是，紅蓮這些神獸有可以說的事情，跟不可以說的事情的說！」

小狐狸開始胡鬧。

由於紅蓮看起來很拚命，不像是平常的惡作劇，所以我將她放開。

然後她立刻逃走，拉開距離躲在樹後面窺視這邊。

看來她相當警戒我。

神鳥一臉興味盎然地看著那樣的我們。

「當時的蛋已經成長了嗎？吾原本還擔心會生出什麼樣的惡鬼羅剎……真是令人詫異。想不到，居然會生出一個姑且還稱得上正常的孩子。」

這種講法也太含糊了吧。這隻鳥真失禮。

「儘管混雜了許多東西，但她是啃蝕我的感情與魔力而出生的。怎麼會奇怪呢。」

「這……這樣啊。」

嗯，雖說已經改過向善，但吃下芙列雅公主與諾倫公主的心靈並非好事，所以才會讓神鳥擔心吧。

感謝紅蓮出生後能成長為這樣的一個孩子。

雖說心眼很壞，但長相不錯，再怎麼說她還是很愛慕我，那方面的契合度也不錯。

她很可愛，我現在很喜歡她。

「唔，紅蓮是可愛且老實的狐狸的說！勉強稱得上正常，實在太傷紅蓮的心的說！這個臭老太婆！」

「哦，看來個性上有問題啊。老太婆……老太婆是嗎？呵呵呵，吾飽閱風霜活到今日，居然被叫老太婆是嗎？吾還是第一次被這樣稱呼。臭小鬼，是想被吃掉嗎！」

「咿……咿～～～開玩笑，是開玩笑的說，狐狸式玩笑的說，請原諒紅蓮的說。」

紅蓮把頭藏起來，尾巴的毛倒豎，全身發抖。

紅蓮這傢伙到底想做什麼啊？

「抱歉，一時失去理智……那隻小狐狸說的，就某種意義上來說很正確。吾等神獸因為職責所在，對這個世界過於了解。甚至連汝等不該得知的事情，也是一清二楚。正因為如此，才會受到世界的規則束縛。」

「換句話說，祢不願意告訴我們關於暗黑力量的情報嘍？」

「正確來說，有可以說的與不能說的。」

明明知道，卻不願意明講。

想要的東西明明近在眼前卻得不到，實在令人焦心。

「因為我不打算隱瞞，就開門見山直接說了。我們想知道的，是將人變為不死之身，不，將人變成怪物的暗黑力量真面目。」

「無法回答。那是汝等不該得知的情報。」

「這樣啊。那麼，就算不知道那股力量的真面目也沒關係。我想知道該怎麼殺死他，而且是不借用紅蓮，正確來說是不借用神獸力量的殺害方法。只有這樣應該能說吧？」

既然沒辦法知道所有事情，至少得縮小到最低限度。

雖說我不太清楚規則是什麼，但既然存在底限，我就要盡可能挖出情報。

「哈哈哈，汝的頭腦很靈光。從第一次見面時，吾就覺得汝是個有趣的男人。確實，若只是殺害方法，吾倒是可以回答……只要不斷殺死他就行。」

「我做過了。不論是肢解得四分五裂，還是燒成灰燼，那些傢伙再怎麼殺都一定會恢復原狀。」

「不對，並非只是殺死，而是不斷殺死。汝稱為暗黑力量的能力是有代價的。因為他們是以靈魂交換獲得力量。每次再生都會啃蝕靈魂，總有一天會將靈魂啃蝕殆盡。在那之前要不斷殺死他們。」

「……想不到這樣就會死，真是盲點。我只是殺了兩三次，就擅自斷定他們是不死之身。」

聽祂這樣一說也對，無論使用什麼樣的力量，都肯定需要燃料。

至今他們都沒消耗魔力或是體力。所以，我才擅自斷定那股暗黑力量是無窮無盡。

其實，他們使用那股力量的同時，靈魂會不斷遭到啃蝕。

不知道要殺死幾十次。但只要不斷殺害就會死，這樣就有希望了。

這件事不能只有我們知道。

這個情報應該要告訴所有國家。

對士兵而言，要挑戰不死身的大軍，根本就只有絕望。

然而，不斷殺害就能殺死的情報，將會帶給他們希望。

「這個情報很令人感謝。只不過，如果有更容易殺死的方法就好。」

必須不斷殺死好幾十次，就算知道也很麻煩。

「也有汝說的方法。對方是將靈魂獻給另一邊，得到相對的代價。那麼，只要將另一邊的門關上即可。」

「人類辦得到那種事嗎？祢或紅蓮是可能辦到。但這樣沒有意義。因為遭到暗黑力量汙染的怪物，有上百甚至上千個。」

「有可能。那股力量屬於另一邊，存在於此反而不自然。不應該存在的東西就不予承認。只要將灌注這股意志的徽章烙印在他們身上即可。」

「可以告訴我那個徽章嗎？」

不斷殺死好幾十次，以及在敵人身上烙印徽章。

哪種方式比較簡單根本不用思考。

「可以。」

「呃，不會吧！這完全違反規則的說！如果可以告訴主人，那紅蓮早就告訴他了的說。」

也對。

一直以來，都是由紅蓮不斷地用淨化之焰消滅遭到暗黑力量侵蝕的生物。

紅蓮很怕麻煩，如果有那種方法早就用了。

「得付出代價。然而，不至於消滅吾的存在。」

反過來說，得支付相當大的代價吧。

「唔，為什麼願意犧牲自己也要幫助人類的說？」

「因為再這樣下去，人類很有可能滅絕。對於啃蝕疾病的吾而言，人類就猶如稻田。遭到汙染的稻田無法栽培作物。」

是糧食問題嗎？

其實神獸也意外地依賴人類嘛。

紅蓮從蛋裡孵化之後，也一直在食用我的魔力與感情。

「我稍微推測了一下。意思就是若人類消失，暗黑力量與你們神獸都沒辦法存在吧。從你們之前的對話來看，你們都是屬於外側的存在，要居住在這個世界，就得啃蝕這世界的存在。是這樣沒錯吧？」

「主人，不能再繼續說下去的說！」

「關於這個問題，吾不肯定也不否定。要是回答，將會受到與告訴汝徽章一事所無法相提並論的處罰。」

「是嗎？那算了。告訴我徽章是什麼吧。」

「好吧。」

神鳥以銳利眼神注視牆壁。

隨後，牆上烙印出幾何學的花紋。

只要將那個烙印在敵人身上，就可以殺死黑色怪物嗎？

「這個不錯。」

只要大量生產在前端刻印著徽章的長槍，再發給各國，或許就能扭轉戰局。

幸好有來這裡。得到了比想像中更棒的武器。

我望向神鳥打算道謝，此時感覺祂的身體晃了一下。

以【翡翠眼】凝視後，發現祂內側所有難以恢復的東西都被帶走。這就是懲罰嗎？然而神鳥卻隻字未提。

那麼，禮貌上我該裝作沒注意到。

「感謝祢，神鳥咖喇杜力烏斯。」

「要是汝白費這股力量，吾會給予汝最嚴重的疾病。這是忠告。別過度依賴這個徽章。這終究只是用來將門關上。因此，對於能自力打開門的存在並不管用。」

這是就算關上門，也會馬上就被打開的意思吧。

「也就是說只能用這個殺死末端的存在吧。了解。這樣就能將那些傢伙一網打盡。」

「唔嗯，那麼沒事了吧？主人似乎也快到極限了。最好先讓吾回去。」

「對不起，凱亞爾葛。好像比想像中，還難受，已經，撐不住了。」

我還想說夏娃怎麼從剛才開始就不發一語，原來是沒有說話的餘裕。

她汗水淋漓，一臉鐵青。

快要進入魔力缺乏症的狀態。

看來只是讓神鳥現界，就會被持續帶走莫大的魔力。

「嗯，已經可以了。謝謝妳，夏娃。」

「因為我是凱亞爾葛的戀人嘛。做這點小事是應該的……神鳥咖喇杜力烏斯，我也要感謝祢。」

「唔嗯，那麼吾該走了……主人，夏娃啊。今後汝將會被迫做出重大的決斷。所以吾話說在前頭。汝可別死啊。吾相當孤獨，不希望失去久違的主人。」

「我沒打算要死。因為人生才正要開始。」

人生才正要開始嗎……

夏娃到底已經看到了多遠的地方呢？

我感覺神鳥露出微笑。然後，消失而去。

「得到了必要的情報。立刻著手準備吧。」

我不會蠢到直接將這個方法用在戰線。

必須在最有效果的時機，一口氣釋放這股力量。

要是一點一點搬出來，肯定會馬上被布列特擬定對策，無法造成嚴重打擊。

……不過要做好準備得花上一段時間。

很可惜的，把我當作祭品獻給他的作戰，看來是沒辦法取消了。

由我犧牲自己爭取時間，大家在這段期間做好準備，給他致命一擊。

「那個，凱亞爾葛要馬上回去嗎？」

「我是這麼打算。」

「我不能一起跟去嗎？」

「不行。因為我有事情要拜託夏娃去做。」

希望她從魔族領域安排增援。

這件事也得慎重選擇使用的時機。

所以夏娃必須在這裡負責指揮。

「也對……可是，等這裡該做的事情告一段落後我就會過去。」

「為什麼？」

「因為你或許會需要我的力量。」

……確實。因為夏娃的力量極為強大。

可以成為王牌。

更重要的是，只要夏娃在場，最糟的狀況下還能重新來過。沒錯，就是使用她的心臟【賢者之石】。所以將夏娃放在身邊會比較保險。

「不要緊。相信我吧。夏娃，妳等我回來。」

然而，我不會選擇這麼做。

因為此行的收穫豐碩。我一定會讓這次作戰成功。

在完全居於劣勢的情況下，總算看見了光明。

接下來，該順勢扭轉戰局了。

第六話 回復術士成為貢品

我打算從床上起身，但發現右手很沉重。

因為夏娃抱著我。

畢竟與戀人久別重逢，昨天我倆熱情如火，

或許是非常不想與我分開，所以才下意識地抱著我。

我撫摸夏娃的頭。

「我果然還是不想用上夏娃。」

艾蓮提案的方法是挖出夏娃的心臟，藉由重啟世界阻止布列特。

這有致命的缺點。

時間上是在布列特得到【賢者之石】之前，也就是回到與魔王決戰前最為理想，但我沒有自信能準確回到那個時候。

以我的感覺來看，誤差大概會落在一年上下。要確實回到布列特得到【賢者之石】前的時間點，起碼也要回到一年半以前。

……要是能碰巧在恰到好處的時間點重啟人生是不錯，但基本上會返回一年以上的時間。

換句話說，就是在我覺醒為【癒】之勇者，與我的女人們相遇之前。

艾蓮說即使挖出夏娃的心臟，只要重頭來過她就能復活。

可是，我喜歡的夏娃是現在經歷旅途後成長的夏娃。

假使重啟人生，非但沒有再次見到夏娃的保證，就算見面，我也不清楚她是否會再次變成現在的夏娃。

基本上在重啟人生之後，接觸她的方式根本不可能與這次完全相同。

想必她會與現在的夏娃判若兩人。

不只是夏娃，芙蕾雅、剎那、克蕾赫以及紅蓮也是如此。

我疼愛的是現在的她們，重啟人生後得到的她們，即使外觀相同，內在也不一樣。

「重啟人生也沒那麼可靠嘛。」

我如此自嘲。

在第一輪的人生，我的雙手空無一物，所以才能毫不猶豫地捨棄一切重啟人生。只為了能重頭來過而感到開心。

可是現在我不想失去的東西，實在太多。

我不想重啟人生。

我在不吵醒夏娃的狀況下緩緩鬆開她的手，親吻她的臉頰後挺起身子。

「夏娃，謝謝妳。」

連那個艾蓮都說幾乎沒有勝算，堪稱絕望的戰鬥。

我要捨棄使用夏娃心臟重頭來過這個能確實戰勝的手段，賭在那一絲勝算。

我知道這樣的自己很愚蠢。

但感覺不壞。

我在這個世界上最討厭的就是自己。比復仇的對象更加厭惡。

正因為我討厭自己，才會捨棄凱亞爾的外表與姓名，戴上凱亞爾葛這個理想自己的面具。

……可是在做出了這個決斷後，我感覺稍微喜歡上了自己。

◇

出發的準備就緒。

來魔王領地的目的已經達成。

我沒時間在此久留。

「芙蕾雅，不好意思，又得讓妳努力了。」

芙蕾雅因為連日的飛行而消耗大量精神力，我出聲向她搭話。

包含夜間飛行在內，我讓她相當地勉強自己。

「不要緊的。我還可以堅持下去。」

旅程剛開始時，她明明稍微走一下路就會累得坐下，也完全跟不上剎那的訓練。如今的她變得相當可靠。

魔族為了目送我們離開而聚集過來。

此時，魔族的人潮從中間斷開。

因為魔王夏娃也來到現場。

「太狡猾了。居然想要不告而別。」

「抱歉。畢竟昨天讓妳奮戰到很晚，想說讓妳好好睡。」

「騙人。別以為我會老是簡單受騙。總之，我有事情得先告訴凱亞爾葛。」

她喘得上氣不接下氣，拚命地趕來這裡，所以可以看出她是認真的。

「昨天，因為凱亞爾葛拜託我留在這裡，所以我現在不會硬要跟去，但等事情處理完後，我絕對會過去那邊。雖然凱亞爾葛要我等你回來，但我也要一起戰鬥。」

「我很感激妳有這份心，但為什麼這麼說？」

「因為凱亞爾葛在害怕。雖說凱亞爾葛自己沒注意到，但你在不安的時候或是逞強的時候，在床上總是會莫名用言語挑逗人，還會把臉埋進胸口。」

……原來我有這種習慣。

剎那在後面輕聲地低喃：「沒發現。學到了。」

「你這個習慣昨天多到令我傻眼喔。表示你這次的戰鬥就是有這麼危險，所以我才下定決心一定要去！知道了嗎！」

夏娃用力地用手指著我。

在這趟旅程中成長最多的就是夏娃了。

從前的她不明白成為魔王的意義，以及自己所背負的事物有多麼沉重，那個只會逞強的丫頭已經消失無蹤。

「嗯，我知道了。我會借助夏娃的力量。」

「所以，你在那之前不能做出危險的舉動喔。」

「這點我沒辦法保證。」

我盡可能地不去說謊。

因為，我接下來得不斷做些鋌而走險的行為。

「凱亞爾葛這個笨蛋！」

「不過我向妳保證，在與妳會合之前，我絕不會死。」

「我們約好嘍。」

「嗯，約好了。我向神發誓。」

「凱亞爾葛根本不信神吧。」

被拆穿了。

坐在我肩上的紅蓮在耳邊嗷嗷叫著。

「主人對神獸，應該說對神明的敬意不足的說！你應該要更景仰紅蓮，獻上肉品，增加梳理紅蓮毛髮的頻率的說！」

如果要這麼說，我倒是希望妳可以表現出令人想尊敬妳的行為。

因為她很囉唆，所以我從小包包取出肉乾扔給她。

「那是特別的肉乾的說！狐狸衝刺！」

紅蓮搖著尾巴，乘風跑去。

那傢伙果然只是隻小狐狸。

「若是向神發誓妳不肯相信，那我向魔王發誓。絕不會背叛戀人。」

「這還差不多。」

我們對彼此微笑。

不須再多說什麼。

我抱起咬著肉乾喜形於色的小狐狸，搭上飛機動身出發。

接下來會很忙。

◇

從那之後，過了一個月。

回到吉歐拉爾王國，我向艾蓮說明恩力塔王國的卡士塔王子所想的作戰，從神鳥那邊得到的情報，以及祂託付給我的徽章。

為了把神鳥託付給我的徽章烙印在怪物身上，我們開始暗中生產武器。

當初原本預定要請求各國協助進行增產，但由於情報走漏的風險過高，所以只在篤定不會將情報外流的吉歐拉爾王國首都、拉納利塔以及恩力塔王國首都這三個都市進行生產。

然後，布列特也開始有所動作。

黑色怪物的大軍以鄰近葛蘭茲巴赫帝國的國家依序展開襲擊，逐漸增加他們的勢力。

短短半個月，已經有三個國家淪陷。落入那幫傢伙手中的國民則是接連變成了怪物。

就在這個時間點，葛蘭茲巴赫帝國向世界各國提出投降的勸告。

但莫名其妙的是，勸告上寫說以神皇帝布列特・艾爾德蘭之名，命各國向神皇帝下跪。

（吐嘈點實在太多。）

你是什麼時候成為皇帝的？居然自稱為神，是瘋了嗎？艾爾德蘭，那是這個大陸掌握美麗與年輕的神明。居然搬出那個神的名字招搖撞騙，這麼利己不會覺得可恥嗎？

不過，歸功於卡士塔王子事先散播葛蘭茲巴赫帝國的惡行，而且做好了許多準備，順利地組成了反葛蘭茲巴赫帝國的聯合軍，但卻是連戰連敗。

畢竟黑色怪物過於強大，而且還是不死之身，更重要的是這批軍隊與日俱增。

要栽培一名騎士起碼得花三年。魔術士則是五年。

可是，對方卻將平凡市民在一瞬間變化為十名騎士聯手才能勉強抗衡的怪物。

儘管起先還算勢均力敵，如今卻幾乎都是我方吃下敗仗，狀況一天比一天惡化。

……我已經不知道想過幾次要將神鳥授予智慧所製造出來的武器發給各國。

但是，我忍住了。

現在還不是時候。

還差一點，就是艾蓮與卡士塔王子的計策發揮效果的時機。

「凱亞爾葛哥哥，有壞消息。又有一國淪陷了。現在能正面與他們一戰的，頂多只有吉歐拉爾王國。可是，我們也沒辦法堅持太久。而且只要吉歐拉爾王國一淪陷，背後的國家就會瞬間遭到併吞。」

「這樣啊。」

吉歐拉爾王國目前還可以防衛。

因為與魔族同盟得到了增援，而且還有我與芙蕾雅這種最強等級的勇者這點占了很大部分。

「而就在前幾天，葛蘭茲巴赫帝國送來了信件。」

「看來回應了啊。」

「是的，對方接受我們投降。從字面上看來，我們這邊的企圖並沒有被識破。」

這一個月來，吉歐拉爾王國是撐過去了，但我們是在即將開始復興的時間點打長期戰以及消耗戰。

就算在戰場上勢均力敵，但資金與糧食卻遠遠不足，人民的不滿也在各地開始爆發，如今已經連維持戰局也無能為力。

這個國家處於崩壞邊緣。

投降是事前計畫的一部分。

要是再早點投降，損害想必更小。然而，要是在有餘力的狀態下投降，布列特想必會察覺其中有詐。

所以我們甚至請求魔族支援，展現出徹底抗戰的態度。然後持續忍耐下去，直到國家幾乎要滅亡的階段再投降。

一切都是為了讓布列特大意。

「雖說不知道稱不稱得上好消息，但布列特依照我們的預期，要求交出【癒】之勇者。凱亞爾葛哥哥，這樣真的好嗎？」

「當然可以。這就是我們的作戰。」

當吉歐拉爾王國傳達有意投降的消息時，提出了兩個條件，就是讓這個國家繼續存在，以及不對人民出手，要是他們願意接受，之後無論什麼要求都聽憑尊便。

然後，艾蓮幫忙去掉了不自然的地方，寫出了誘導布列特要求我的文章。

……之後，我將成為獻給那傢伙的貢品。

儘管目前為止都在計畫之中，但唯獨一件事出乎預料。

「要是凱亞爾葛大人有什麼萬一，剎那會保護你的。」

布列特要求剎那一起過去。

這是要把她當作人質。一旦我違逆布列特，剎那就會被殺。

真意外。不是芙蕾雅，也不是克蕾赫，更不是艾蓮，而是剎那。

明明她只是我所買下，很中意的奴隸。

真是讓人不爽。因為他看穿我除了夏娃之外，最執著的就是剎那。

他沒有被我的女人們的立場、用處以及表層部分所騙，看透了我的內心。居然要與那樣的男人來一場爾虞我詐的較量，實在令人不寒而慄。

「抱歉，剎那。」

「不會，沒關係。能待在凱亞爾葛大人身邊，反而感覺很幸運。因為剎那是屬於凱亞爾葛大人的。」

她在胸前握緊拳頭。

沒有恐懼。真值得信賴。

「一個月。如果一個月後我依舊沒有任何聯絡──」

「明白。我們會直接殺入敵陣。」

「到時交給紅蓮帶路的說！」

我要在被布列特玷汙的同時，尋找暗算他的機會。

可是若我辦不到，也只好硬上了。

我與神獸的靈魂深處彼此相連。不論我被關在哪，紅蓮都能找到我的位置。

要是一個月都沒有聯絡，我其他的女人就會展開救援行動。

……儘管我有可能在那一個月壞掉，但這是最後的保險。

「真教人厭惡自己的無能。這個作戰的成功率絕對不高。我明知道這點，卻完全想不到替代方案，或是提高成功率的方法。」

艾蓮緊緊抓住裙襬開始啜泣。

看到那樣的艾蓮，我輕輕拍了拍她的頭。

「勝率很低沒錯，但能這樣說還得感謝艾蓮。要是沒有妳，勝率就是零了。妳該感到驕傲。剩下的不足部分，就由我來填補。如果這樣也沒辦法，再和大家一起來救我吧。」

「……好的，凱亞爾葛哥哥。」

看到她依舊沒停止哭泣，我吻了她。

「那個，凱亞爾葛哥哥，其實，我一直，隱藏著一個祕密。請你回來後，再聽我說。」

「祕密啊，真可怕。」

「你一定會嚇一跳的。」

「為了聽到那個祕密，我得回來才行呢。」

我離開房間。

外面已經準備好用來把我作為貢品的馬車。

接下來，我將踏上前往地獄的旅程。

與布列特之戰的最終局面，我要從幾乎走投無路的狀態下扭轉戰局。

第七話 回復術士入虎穴

我與剎那兩人搭上馬車，朝著葛蘭茲巴赫帝國前進。

我是獻給神皇帝的貢品。

我不打算對此滿腹牢騷。

因為決定這項交易的不是別人，正是我。

「我們很久沒有兩個人一起旅行了。」

我讓身體隨著馬車晃動，同時向剎那搭話。

當然也有馬夫、護衛以及負責外交的文官。可是，那些人在不在根本無關，與空氣沒兩樣，沒被我算在內。

其他成員雖然也打算跟來，但或許是出於警戒，對方指名道姓命令我別帶她們過來。

「嗯，平常總是會有別人。剎那暫時可以獨占凱亞爾葛大人。」

明明接下來就會變成人質。

剎那卻感覺莫名開心。

……我的女人當中，最忠心的就是剎那。

由於她陪在身邊，讓我感覺輕鬆了一些。

旅程非常順利。

也對，沒有人會因為我們前往葛蘭茲巴赫帝國而說三道四，這也是理所當然。

神皇帝想得到我，而吉歐拉爾王國的民眾也希望把我交出去得到和平。

明明我一直以來都活躍得像個英雄那般，卻只有我的女人們打算阻止我去犧牲。

算了，這也無可奈何。

不論是誰都會寶貝自己的性命。

即使是英雄，終究還是外人。如果犧牲他人的性命就能保住自己的幸福自然是求之不得。

「凱亞爾葛大人，剎那該做什麼才好？該怎麼做才能幫上凱亞爾葛大人？」

「什麼都別做。該行動的時候我會下達指示。如果一定要給個方向，就是保護好自己，確保到時有辦法行動。」

「知道了。做好準備。那就是剎那的工作。」

布列特想必會嘗試洗腦剎那。

他可以讓剎那不再是我的武器，再不然就是讓剎那在我採取行動時背叛，到時我便束手無策。

這是在測試剎那的心靈是否強大到可以撐過洗腦。

受到那個布列特洗腦，是否依然還會愛著我。

不，被測試的不僅是剎那。

我也一樣。

到了緊要關頭，我是否能堅信剎那沒有遭到布列特洗腦。

我本身也必須相信剎那的堅強。

「剎那，和我做個約定。直到最後都要相信我。」

「約好了。剎那是屬於凱亞爾葛大人的。」

語畢，我們接吻。

不是伸進舌頭的那種，只是像小孩子接觸那樣的接吻。

並不是要追求快感，而是確認彼此心靈相通的吻。

「相信」。

最近經常用到這句話。想不到生性多疑的我居然會變成這樣。

雖然是因為我也只能這麼做，但原因不只這樣。

「剎那會加油的。所以，凱亞爾葛大人也要加油。」

「嗯，我當然會努力。不管發生什麼事，我依然是我。即使投胎轉世，這點依然不變。」

我才不會成為布列特的人偶。

因為我的憎恨絕對不會消失。

◇

經過幾天的漫長旅程，我們抵達了神聖葛蘭茲巴赫帝國。

令人驚訝的是，自我們出發到抵達這裡為止的這段期間，他甚至還改了國號。

留著葛蘭茲巴赫這個名字算是奇蹟吧。

八成是因為完全改掉也只會造成困擾。

就算冠上神聖這兩個字，只要留著葛蘭茲巴赫這個名字，其他國家也不會搞混。

這部分很有布列特的風格。即使專注在自己的興趣，也依舊會要求實際效益。那傢伙就是這種個性。

運送我們的馬車直接前往王城。

我原本以為肯定會像之前那樣使用專用的建築物，卻突然就前往了敵方的根據地王城。

儘管會覺得他在小看我，但並不是這麼回事，他是在正確評估我方戰力之後才做出這樣的判斷。

布列特認為就算讓我進入王城，也絲毫不痛不癢。

我們通過城門，穿過美麗的庭園。

王城的存在價值，就是可以從這上面花費多少金錢來看出國力，從建築物的美感有多麼講究來展現文化能力。

雖說新興國家不會重視這點，但葛蘭茲巴赫是這個大陸首屈一指，擁有最古老歷史的大國，自然會在庭園投下大筆金錢，聘請國家最頂尖的園丁精心打造，完成堪稱藝術品級別的美景。

最明顯的就是寬敞。

從城門到城堡的入口，有一公里以上。

明明如此，這段路上卻有黑色怪物以固定距離並排而立。

眼前有數百隻放棄當人的異形。

儘管數量也很嚇人，但能夠完全控制他們更是令我感到害怕。

明明他們就算只是大鬧也具有威脅，要是還能透過別人指揮做出有效率的配合，我們就連萬分之一的勝算也沒有。

這想必是警告。不只是國力與文化能力，還讓我見識到武力。

「要是與這些正面衝突，剎那跟主人贏不了。」

「是啊。」

我已經告訴剎那如何關上那群黑色怪物的門，她經過訓練之後，也能在冰爪的前端烙印那個徽章。

但即使如此，數量這麼多也是應付不來。

更重要的是，布列特會以炫耀的方式讓我們看到這個景象，表示在看不見的地方肯定還隱藏著壓箱寶才對。

「我倒是很煩惱這個陣仗算不算在歡迎我們。」

「嗯，確實沒錯。」

馬車終於停下。

我們抵達了城堡的入口。

出現在眼前的是身穿純白服裝的一群美少年。

他們是布列特的觀賞用動物。

他們以天真無邪，卻又淫靡的笑容注視著這邊。

然後，我、剎那以及其他人被分開，各自被帶到其他場所。

剎那最後看了我一眼，堅定點頭後離去。

接下來我就是一個人。

不管是我還是剎那，都要前往各自的戰場。

◇

我變成一個人後，被招待到難以置信的豪華浴室，泡在牛奶浴池清洗了身體。

少年們清洗我身體的每個角落，實在很噁心。

在換穿衣服的期間，所有武器都被拿走，連衣服也被一併處理掉。

少年們給了我替換用的衣服，要我變成凱亞爾的模樣。

……儘管我不是很喜歡原本的樣子，但也不能違逆，所以變回了凱亞爾。

視野變低，身形變得苗條，聲音變高。

幫我準備好的衣服，是類似周圍的少年們身上穿的白色長袍，還另外別上了金色刺繡。

沒有內衣，是裸體穿著長袍的變態模樣。

可以想見是布列特的興趣。

少年以炫耀口吻告訴我，這件衣服只有布列特中意的對象才能獲准穿上。

然後，交給我的那套上面繡有少年們的衣服所沒有的金色刺繡。代表我是他中意對象之中的極品嗎？

看到繡有金色刺繡的白色長袍，少年們的眼神帶有強烈的嫉妒。

這令我打從心底感到噁心。如果可以，真想將這件衣服扔給他們。

我打扮成這副屈辱的模樣後被帶到了王座。

少年們打開門，我看到裡面的景象後差點吐了出來。

布列特就在那裡，而且少年們正跪在地上幫他服務。

當然不是普通的服務。

在王座做這種事情，根本就是瘋了。

「你總算來了，凱亞爾，喔喔，你還是這個模樣好，令人心癢難耐。凱亞爾的模樣果然很棒。」

就如這句話所言，他或許是看到我後起了反應，突然有一部分脹大起來，這讓少年似乎很痛苦。

「……是嗎，但我倒是不想變回來。算了，我是貢品。隨你高興吧。」

「呼哈哈哈，嘴上這麼說，但你的眼神並沒有死。我懂，我懂的。不這麼做，你甚至連殺進我懷裡都沒辦法。想必你是在瞄準機會，好一次扭轉戰局吧？」

布列特挺起身子。

然後，從王座上走下，來到我的眼前，把手放在我的下巴抬起來。

「我說，凱亞爾，你覺得為何我明知你的目的，卻還把你找來呢？」

「因為你有在這種狀況下也不會被殺的自信。」

隱瞞也沒意義。我老實回答。

布列特滿足點頭，就像是聽到學生給出正確回答的老師一樣。

「沒錯。而且不只這樣。因為我想要讓你屈服。使用神之力，讓你屈服是很簡單。但是，這樣就沒意思了。將稀有的最高級素材變為養殖產品，有違我的美學。我會讓你懷抱希望，再從正面予以打破。真令人期待啊，凱亞爾～你終於要真正變為我的人了。」

真是個虐待狂。

而且，他為何這麼有自信？

（你就趁現在笑吧。）

……我一定會讓你後悔。

別以為能屈服我的心。

布列特看漏了一點，不，我有一個他不可能掌握的祕密。

我在第一輪的人生體驗到的痛苦，甚至連地獄都顯得溫和，即使如此也沒有壞掉，而是站了起來，重啟人生。

布列特接下來要帶給我的痛苦折磨，我老早就體驗過了。

我絕對能撐得過去。

這正是唯一能破壞布列特計算的卡牌。

佯裝成慢慢壞掉，向他屈服，在最後的最後上演逆轉勝。

我應該能辦到。重現自己在第一輪壞掉的模樣。這樣一來，他應該沒辦法識破我在演戲。

我要用這張他無法預測的卡牌，給予他致命一擊。

如今我的胸口，已經熊熊燃燒著黑暗的復仇火焰。

第八話 回復術士託付他人

來到布列特這邊已經過了十天。

令人驚訝的是，布列特什麼都沒做。

他只不過是把我監禁起來，享受奢侈的生活。

沒有對我做出事前已做好心理準備的暴行。

「布列特到底在想什麼？」

分配給我的個人房間打掃得整整齊齊，床的品質也很好，相當舒適。

只不過，並不自由。

完全無法得知外面的情報。

我現在與外界完全隔離。當然，我也不知道作為人質的剎那狀況如何。

關於人質，聽說只要我不露出敵意，他就會鄭重地對待剎那，但我不可能相信這種鬼話。

迷戀著我的布列特，怎麼可能不對我中意的對象出手。

眼睛與耳朵都被蓋住，令我感到無比不安。

而且不僅剎那，我也非常想知道留在吉歐拉爾王國的大家以及夏娃的狀況。

「雖說只要我有那個心就能調查，但八成是陷阱吧。」

即使處在這種狀況，我也有蒐集外界情報的手段。

可是，這麼做一旦被發現，後果實在不堪設想，導致我沒辦法輕易地採取行動。

……我不懂布列特的企圖。

儘管他說要讓我屈服，但我不認為像這樣把我關起來會有多大效果。

此時房門打開，隨侍在布列特身邊的少年們端來了豪華餐點。

平常我總是會默默看著他們離開，但今天決定攀談看看。

「布列特把我關起來是為了什麼目的。他為何什麼都不做？」

「非常抱歉，像我這種人，不可能知道神皇帝的深謀遠慮。」

他不是在裝蒜，看來是真的不知道。

這些傢伙只是布列特的性玩具，期待他們也沒用。

我還是想得到情報。

說不定，我如此渴望得到情報，正是布列特的目的。

當我忍不住採取行動的瞬間，就是破滅在等著我。

既然明白這點，我也只能忍耐了。

◇

後來又過了好幾天平淡無奇的日子。

我的焦躁感正在與日俱增。

而且，也差不多接近期限了。

要是我來到布列特這邊，過了一陣子依舊沒回去，芙蕾雅她們就會判定作戰失敗而前來救我。

再這樣下去，會在沒拿出任何成果的情況下，讓我的女人們進行無謀的戰鬥。

該採取行動了嗎？

在找不到布列特的破綻以及弱點的狀況下，強行暗殺。

只要有神鳥告訴我的徽章，勝算並非是零。

……不行。

這種做法最危險。

因為沒有時間，就在沒勝算的狀況下挑戰。那是蠢蛋才會幹的事。

來到這裡後，多少掌握了一些事。

布列特身邊的那群性玩具，那些傢伙擁有比其他個體還強大的暗黑力量。

儘管比不上布列特，依舊是強敵。

另外，從動作就可看得出來，他們受過一定程度的訓練。應該要認為他們雖然受到暗黑力量侵蝕，但依舊能保有理性行動，要是同時面對那些傢伙與布列特，根本毫無勝算。

因此，我必須要瞄準布列特一個人的時候。

棘手的是，布列特沒有一個人獨處的時間。

他晚上會在床上和那群自慰道具嬉戲。就連上廁所或洗澡也都讓他們服侍。

這並非是我直接看到，而是從那群少年口中問出來的。

（儘管方法與當初預定的不同，依舊有效率地蒐集了情報。）

要問出來很簡單。那些傢伙似乎嫉妒我，不能原諒我在布列特的心中占有一席之地。

所以，只要稍微激起他們的嫉妒心，就會滔滔不絕地說出自己是多麼受到布列特寵愛。

他們提到少年之中總是會有一人陪在他身邊，自己受過布列特訓練，擁有特別的力量。

他們想必沒發現自己背叛了布列特。

反而是愛著他，對他獻出忠誠。然而，這樣的行為未必會產生好結果。

因為得到了這些情報，也讓我的目的完成了一半。

◇

他們告訴我今天不是在房間，而是在餐廳用餐，於是我走出房間。

抵達的餐廳擺著一張長到誇張，可以供好幾十人使用的桌子，而在這張桌子用餐的只有我與布列特。

而負責照顧他的少年們，則是規矩地在牆邊站好。

「你習慣在這邊的生活了嗎？」

布列特擺出教師般的態度對我溫柔說話。

「是啊。生活過得很舒適。」

自來到這裡的那天之後，我還是第一次與布列特交談。

我全神貫注在對話上。

為了盡可能得到更多的情報。

「甚好。因為我不希望讓我可愛的凱亞爾感到不便。」

「你把我關起來後什麼都不做，到底有什麼用意？」

「用意？既然你好不容易成為了我的人，那我當然得珍惜你啊。」

布列特露出賊笑。

他正透過閒聊來戲弄我。

要是繼續這樣的對話，我就沒辦法獲得情報。他在嘲笑為此感到焦躁的我。

「說了奇怪的話，抱歉。我就感激地接受你的好意吧。」

可是，就算我想趁現在帶到我能蒐集情報的話題，布列特也不會回答。

所以，我集中精神用餐。

要是我想主動製造契機，布列特就會封鎖內心。只能等他製造機會。

我將料理送進嘴裡。

果然好吃。

……餐點裡面並沒有下毒。自來到這裡後的每一餐都是如此。

這樣下去真的只是在這受他款待。

「你似乎沒辦法集中精神吃飯。難道你就這麼在意那個雌性？」

「你說呢？」

雌性想必是指剎那吧。

她應該沒像我一樣受到款待。

布列特對女人沒興趣。因此不會仁慈，應該只把她當成用來令我屈服的道具。

「那是不錯的素材。第一次看到能如此完美承受我神力的存在。她已經成為了不錯的作品。現在可是出色的戰力啊。」

我把湯匙掉到地面。

演出動搖的模樣。

……其實，我知道那是不可能的。

我把神鳥授予的徽章烙印在剎那身上。而且還是在絕不會被看到的場所。

因此，她對暗黑力量擁有極高抗性。只要不顧一切做出反擊就能清醒。

我之所以擺出動搖的模樣，是為了不讓他發現我們擁有對抗暗黑力量的手段。

不過基本上，我收到的報告中也提到好幾百人之中就會有一人擁有不受暗黑力量侵蝕的體質，也透過那種人研究過對策。

暗黑力量無法發揮作用，並沒有哪裡不自然。

只要現在擺出動搖的模樣，他就會認為刹那也擁有那樣的體質。

「凱亞爾～那張臉是怎麼了？難道你在生氣？想哭嗎？看來你很重視那個雌性啊！」

布列特大笑。

為了毀壞我的心，故意笑得很誇張。

「啊哈哈哈哈哈哈。呼，能看到你那張臉我就滿足了。剛才是開玩笑的。我的力量對那個雌性不管用。真可惜啊。」

「……不是說過只要我老實聽話，你就不會對刹那出手嗎？這樣她作為人質就不成立了。」

「凱亞爾真是天真啊，我怎麼可能遵守那種約定。況且這是善意。我只是打算將她變成更加優良的生物……算了，你放心吧。除此之外我並沒有做任何事。不過這也得視凱亞爾今後的態度而定。只要我拿出真本事，那種小丫頭，只要幾個小時就會徹底壞掉。」

這傢伙真的很擅長惹怒我。

我壓抑自己亢奮的情緒。

默默地繼續吃著飯。

主菜肉排端了過來。

是將巨大肉塊切成我們所在的大陸形狀的裝飾肉排。布列特刻意將叉子插在肉排上。位在那裡的是，吉歐拉爾王國。

「吶，凱亞爾。其實我對你說謊了。你認為是什麼？」

「就是你說款待我只是因為很珍惜我。布列特不是會做出這種無謂之事的男人。」

「正確答案。凱亞爾，你果然很棒。作為獎賞，就告訴你正確答案吧。我啊，其實很提防凱亞爾。提防著打倒前任魔王哈克奧以及吉歐拉爾王的凱亞爾，警戒著殺死與我擁有相同力量強者的凱亞爾。」

原來是這樣啊。

說到這裡，我就明白布列特的企圖了。

「你並非什麼都沒做，而是將我困在這裡嗎？」

藉由在這裡款待我，讓我與外界完全隔離。

這就是他唯一的目的。

「正是如此。我打從一開始就打算違背停戰條約。將最大的威脅放在身邊，以安全且確實的方式，毀滅凱亞爾所重視的吉歐拉爾王國。沒錯，就是你深愛的那群雌性所在的國家。要得到凱亞爾的心，就得先消滅礙事者才行……雖說是消滅，但我不會殺死你中意的那群女人。一定會將她們帶來這裡……那麼做想必更有意思。」

「你的想法真有意思。不過，會那麼順利嗎？」

「哦？難道就算凱亞爾不在，她們也能一戰？那些只會依靠凱亞爾，什麼都不會思考的肉人偶？」

「我回答這件事有什麼意義？畢竟，結果立刻就會出來。」

我沒有肯定也沒有否定。

只是等待結果。

……這樣啊，芙蕾雅她們的戰鬥已經開始了嗎？

這是艾蓮預測的其中一個過程。

因此她已經做好準備，不會被簡單擊垮。

布列特確實成功地將我困在這裡。但相反的，布列特也同樣被封住了行動。

既然有我這個炸彈在這，布列特現在也無法離開這座城堡。

我與布列特，雙方陣營要在缺少最強戰力的狀況下交戰。

這將會測試被留下來的人的實力，而且，也會知道我與布列特到底誰給予了伙伴更多的力量。

儘管布列特說我的女人們只會依賴我，至今從未自己思考過事情，但我並不這樣認為。

如果她們只是單純的人偶，我就不會覺得可惜，老早就重啟人生。

因為她們不是人偶，而是我無可取代的重要女人，所以我才會下定決心進行不利的戰鬥。

我相信我的女人們。

想必接下來的戰鬥，她們將會超乎我的期待。

第九話 回復術士相信伙伴

布列特選擇不動我任何一根寒毛。

照這樣下去，得花上一段時間才能令我的內心屈服。

所以他才會決定先摧毀我珍惜的事物。

萬一吉歐拉爾王國及我的女人們統統消失，我肯定沒辦法維持理智。

這種做法很有效。可是，他搞錯了一件事。

布列特認為我的女人是欣賞用動物，必須要由我來守護的存在。但他錯了。

她們每個人都擁有不同的能力。所以我才會相信她們。

沒有任何一個人是無能。

而且，她們也能自動自發採取行動。

就算我不在，也可以度過難關。

布列特馬上就會明白小看她們會有什麼樣的下場。

「今天的餐點美味嗎？」

「嗯。還不壞。」

所以，我現在不會行動。

要是我心急之下忍不住採取行動，就正中了布列特的下懷。

因此，我不會這麼做，而是在這裡蒐集情報，為了勝利確實布局，同時相信她們在這裡等待。

……相信同伴的勝利。

◇

在吉歐拉爾王國，艾蓮正忙著下達指示。

因為原本應該處於停戰狀態的葛蘭茲巴赫帝國突然進軍。

敵軍已經來到國境附近，再這樣下去，不久後吉歐拉爾王國就會變成戰場。

「芙蕾雅小姐，請駕駛飛機出擊。基本方針是以大規模冰結魔術阻擋敵軍……只有在妳確信會帶給敵方嚴重打擊的時候，才准許妳使用那個。麻煩克蕾赫小姐也一起同行。對方肯定已做好應付飛機的對策。因為那已經被看過太多次了。」

芙蕾雅與克蕾赫都已做好戰鬥準備，處於隨時都能出發的狀態。

正因為她們早已料到在這種狀況下最需要的肯定就是自己的力量，才能如此快速做出對應。

她們也有所成長。

「那麼，我要出發了。呵呵呵，我現在力量充足，會賞敵軍一發特大的。都怪他們才害我得和凱亞爾葛大人分開。必須讓他們受到報應才行。」

芙蕾雅緊緊握住魔杖，表現出自己幹勁十足。

凱亞爾葛不在身邊的寂寞與欲求不滿，已經成為她的動力來源。

「艾蓮，我明白妳在意敵方對飛機採取對策，也知道我最好一起同行。不過，這樣好嗎？我會沒辦法當妳的護衛。我很擔心除了我以外的人是否能保護妳。如果是戰鬥，就算只靠我們也能設法應付，但這是戰爭。一旦艾蓮被殺，就是我們輸了。」

這就是吉歐拉爾王國的弱點。

由於之前吉歐拉爾王的胡作非為，國家損失了有用的人才，若是要管理國家倒還另當別論，但能站在前方擔任領導者的非艾蓮莫屬。

況且，那種黑色怪物有著能化身為人類的特性，他們甚至有可能已經若無其事混進吉歐拉爾城內，暗殺的危險性比和人類打仗相比更是高出數倍。

再加上，艾蓮在凱亞爾葛的伙伴當中，是唯一沒有戰鬥能力的。

她是軍師，並不是戰士。沒辦法保護自身安全。

當然，也會有一群騎士在她身邊，但普通騎士肯定無法保護好艾蓮。

所以克蕾赫才會提出警告。

明明如此，艾蓮卻莞爾一笑。

「克蕾赫小姐，請放心。因為紅蓮會陪在我身邊。」

「交給紅蓮的說！艾蓮就由紅蓮來保護的說！」

「原來是這樣。如果那孩子要認真保護妳，確實足以信賴。畢竟她只要全力以赴，就連我也沒有必勝的把握。真虧妳能馴服那隻任性的狐狸呢。」

「畢竟我很有耐心地陪她聊天，撫摸她，幫忙整理毛髮，做了許多努力。」

「因為艾蓮會給許多好吃的肉，紅蓮最喜歡她的說！紅蓮與艾蓮是朋友的說！」

「……我了解了。我是否也該多給她一些肉呢？」

坐在艾蓮大腿上的小狐狸很有精神地發出叫聲。

她吐出的氣息聞起來有些腥臭。

因為她直到剛才都還在品嚐艾蓮送的美味肉塊。

凱亞爾葛出發之後，艾蓮就巧妙地拉攏了紅蓮。

肉的力量雖然偉大，但不只如此。

她用盡了千方百計，才成功討好了紅蓮。

一般人通常會覺得軍師之所以優秀，是因為有著思考策略的能力，但光是這樣頂多只能稱為二流。為了完善地執行策略，最重要的是巧妙操控人心的能力。

無論研擬什麼樣的計策，若士兵們不願聽從也是白搭。

艾蓮身為超一流的軍師，自然擁有那樣的能力。

要拉攏一隻小狐狸，對艾蓮來說根本易如反掌。

「雖說比不上紅蓮，但我的家族應該也多少幫得上忙。麻煩妳好好善用他們。」

「是，劍之一族就交給我妥善運用吧。畢竟在一對一的狀況下能壓制黑色怪物的，也只有他們而已。」

判斷話題到此結束，芙蕾雅與克蕾赫轉過身子。

艾蓮對著她們的背影搭話。

「……芙蕾雅小姐、克蕾赫小姐，請千萬小心。芙蕾雅小姐駕駛飛機使出的轟炸雖然非常強力，但這招已經施展過好幾次。敵方也有足夠時間想出對策。勢必不會像以往那麼輕鬆。」

「我明白。凱亞爾葛大人也對我耳提面命過好幾次。我已經做好反對策的準備。」

「我也練就在空中戰鬥的技巧。或許是因為等級提升吧，現在可以不斷做出自己以前認為不可能辦到的動作。」

艾蓮點頭。

艾蓮已推測出好幾種敵方可能會對飛機採取的對策。

在那當中，可能性最高的是用暗黑力量侵蝕能在空中飛行，比方說鳥那類的生物再加以操控。

就算難以讓人類飛上天空，強化原本就能飛空的存在應該不是那麼困難。

芙蕾雅與克蕾赫前往飛機的機庫。

目送她們離開後，艾蓮搖響鈴鐺。

然後，兩道黑影悄然無聲地現身。

這兩人是吉歐拉爾王國引以為傲的諜報部。

而且是其中最為優秀，由凱亞爾葛與艾蓮本身徹底調查之後，判斷是清白的兩顆棋子。

「請問您找我們嗎，艾蓮大人？」

「時候到了。將這封信送給恩力塔王國的卡士塔王子。」

這封信的內容，是她雖然預測會有使用的機會，卻盡可能不想使用的手段。

是艾蓮將卡士塔王子構思的手段再加以改良的計策。

也是多少必須造成犧牲的手段。

這個計策是因為凱亞爾葛從神鳥那邊獲得情報才能使用，而且要是芙蕾雅拖住沒有敵軍，就來不及發動。

正因為這樣，布列特肯定沒料到這招。

因此她判斷成功率很高。

黑影消失。

「……呼，現在的狀況實在不算好。儘管我思考過七十二種模式的發展，但這是第七壞的狀況。」

「思考那麼多不會覺得麻煩的說？紅蓮實在搞不懂的說。」

「很麻煩。可是，只要事先假設各種狀況並做好準備，就可以提高些許勝率。既然凱亞爾葛哥哥幫我備妥了棋子，將其妥善運用就是我的職責。這裡是無法戰鬥的我唯一能幫上凱亞爾葛哥哥的戰場。我不會輸給任何人，也不會退讓。」

艾蓮臉上浮現自豪的笑容。

她明白自己辦得到什麼，辦不到什麼，更重要的是，她理解凱亞爾葛對自己的要求。

「呼啊啊啊啊～感覺很困難又不太懂的說。紅蓮只需要思考怎麼保護艾蓮的說。」

「嗯，這樣就行了。以妳一己之力，就可以讓我不會有被殺的掛慮，這是非常了不起的事。不僅克蕾赫小姐能參與攻擊，也可以緩和我的負擔與緊張的情緒，這都是妳的功勞。」

「紅蓮很了不起的說。所以，要睡個狐覺養精蓄銳的說。」

小狐狸縮成一團開始打呼。

艾蓮露出苦笑，溫柔地撫摸小狐狸。

不管怎麼說，喜歡可愛事物的艾蓮確實非常中意小狐狸，也因為她的愛貨真價實，紅蓮才會對她敞開心扉。

「好啦，卡士塔王子是否會按照我的期待行動呢？」

這樣喃喃說了一句後，她開始寫信給魔王……與自己同樣愛著凱亞爾葛的那名少女。

這群黑色怪物的侵略是前哨戰。

之後正式開戰，需要魔王這顆棋子。

艾蓮已經將目光放眼在這場戰鬥之後。

所以，她要趁現在打出下一個對策。

這正是凱亞爾葛所信賴的艾蓮的力量。

第十話 【劍聖】送出情書

黑色怪物們開始進軍。

葛蘭茲巴赫帝國與吉歐拉爾王國簽署的和平條約，遭到葛蘭茲巴赫帝國單方面毀約。

因為擁有壓倒性的力量，才讓他們如此傲慢。

若是違背國家之間的條約，原本會遭到周邊諸國責難並失去信用，然而對如今的葛蘭茲巴赫帝國來說，那只不過是瑣碎小事。

可是，吉歐拉爾王國已經預測到這次突襲。

正確來說，是肩負著吉歐拉爾王國的艾蓮預測到了這點。

正因為她事先看出對方意圖，才能做好十足的對策，將損害壓低在最小限度再予以反擊。

「我識破他們背叛，對此做好了對策這件事，布列特想必也料到了才是。那麼，他為什麼還要強行進攻呢？」

艾蓮陷入沉思。

有許多無法理解的地方。

首先，做法過於溫和。

如果自己站在布列特的立場，肯定會採取行動，先毀滅能與葛蘭茲巴赫帝國抗衡的吉歐拉爾王國。

比方說唆使周邊各國，告訴他們只要毀滅吉歐拉爾王國，就放你們一條生路。

這樣一來，吉歐拉爾王國就得同時面對黑色怪物與人類的國家，比現在更陷入苦戰。

在事前預測的七十二種模式當中，最糟糕的六種就是以此為前提的狀況。

然而，他並沒有這麼做。

不僅如此，葛蘭茲巴赫帝國還無差別地襲擊人類國家。

這樣做的結果，反而讓人類這邊團結一致，而葛蘭茲巴赫帝國的戰力也分散各地。

「真是難以理解。是單純在小看我們呢？或者說，他的用意就是要讓我們這樣認為？」

艾蓮的目光投向地圖。

她的腦中浮現出無數種手段，然後又不斷消失。

艾蓮閉上眼睛。

像這種時候，她會回歸基本重新思考。

她的基本思考，身為軍師的做法簡單明瞭。

將對方的思想、想法這類感情要素全都先暫時捨棄。

推敲敵方心理可以得到莫大戰果。可是，這樣做不管再怎麼思考都會出現不確定的要素。

無論對手是再怎麼無趣的人類，也不可能完全看透他的內心，況且人的內心會隨著周圍的人、環境的影響而產生各式各樣的變化。

……更重要的是，一旦考慮到感情面，甚至有可能拯救打算殺死自己的敵人。

對方應該會這樣行動。希望他這樣行動。因為是以內心這種看不見的存在為依據，所以會依照自己的觀點去解釋對方的想法。有許多軍師因此而走上破滅之道。

所以，艾蓮不是推敲內心，而是觀察對方的能力。不是去想對方想做什麼，而是只相信他能辦到什麼。

冷徹，扯棄一切感情，只是專心看著事實。

這樣做後得到答案，再考慮心理層面去補充戰術，這就是艾蓮的做法。內心什麼的會放在之後再討論。

「原來如此，還有這一招啊……如果布列特是用這招，那他實在是個傑出的男人。」

艾蓮將原本就處境艱難的狀況假設成更壞的局面。

她沒有忽略這點。開始思考對策。

這類對策十之八九沒有意義。然而，只要看漏一點就會全盤皆輸。

「希望芙蕾雅小姐與克蕾赫小姐能平安回來。」

她掛念方才送走的同伴。

艾蓮所準備的手牌，幾乎都是以派出芙蕾雅和克蕾赫的這次作戰成功為前提。

因此，一旦芙蕾雅死去，當下思考的就不是該如何勝利，而是要開始設想怎麼做才能減少失敗帶來的損害，進入處理敗戰的回合。

作為一名軍師，她很懊悔自己沒辦法準備好第二方案及第三方案，但要是不承認現在只剩下這唯一的手段，就無法繼續向前邁進。

戰況持續在變化。

軍師以冰冷眼神瞪視戰局。

「肉真好吃的說。可是，愈好吃的肉愈快消失。真不可思議的說。」

而在她身後的小狐狸，已經吃完艾蓮準備的最高級肉塊，一臉遺憾地舔著骨頭。

◇

使用龍的素材製成的飛機在天際翱翔。

朝著艾蓮所指定的地點筆直前進。

以前芙蕾雅的飛行技術危險到令人無法直視，但如今甚至有享受周圍景色的餘裕。

「目前很順利呢。」

「是啊。畢竟黑色怪物能飛空的個體有限，在寬廣的天空也無法布下天羅地網，暫時應該很安全。不過這是跟艾蓮現學現賣的。」

自離開吉歐拉爾王國後，就沒遭受過像樣的襲擊。

因為她的預測正確，布列特能動用的黑色怪物之中，能飛空的個體非常稀少。

能接受暗黑力量的容器，靈魂需要有一定強度。

靈魂與知性的強大成正比。

能接受暗黑力量變為怪物的，僅限智能與人相同的生物。

若是要與人擁有相同智能又能飛空的生物，也就只有部分的高階魔物，並不是隨處可得。

「說得也是。」

「艾蓮說是因為這樣，才會把我們派到敵方很有可能會把少數的航空戰力聚集起來的場所。」

「這樣不是很奇怪嗎？反而會降低轟炸的成功率。」

「因為她期待我們能用空中轟炸擊潰敵方主力，同時擊倒敵方的航空戰力。否則她不會讓我帶克蕾赫一起過來。」

凱亞爾葛離去的現在，同時動用芙蕾雅與克蕾赫，也就是【術】與【劍】之勇者這兩張王牌是很亂來的行為，自然會要求她們拿到不惜這麼亂來也要得到的戰果。

要是放任航空戰力不管，就很有可能打輸這場仗。

芙蕾雅只要從空中一股腦地擊發戰略級魔術，就足以毀滅整個軍隊。

相反的，黑色怪物的大軍只要從天空派出黑色怪物，降落到由層層防壁守護的城堡與城鎮，就有可能單方面蹂躪我軍。

就算是有堅固龜殼保護的烏龜，一旦被潛入龜殼，就只能任憑對方宰割，吃掉身上柔軟的肉。

正因為這樣，雙方無論如何都想先擊潰對手的航空戰力。

「妳認為艾蓮打算何時用最後王牌？」

「畢竟是艾蓮，我想她肯定會到最後的最後，在能夠將一切逆轉的時機才會使用。」

「那樣就代表我們會陷入窮途末路的窘境吧。真希望她別這麼做。」

「感覺確實會很吃力……看來只能聊到這了。牠們來了。」

黑色怪物……一群翼龍從前方飛來。體型比飛機略大，以龍種來說屬於小型。

牠們身上纏繞暗黑力量，皮膚潰爛、肌肉隆起，變形為噁心模樣。

「多達十六隻。居然有辦法湊齊這麼多的龍嗎？」

「即使在夏娃的魔王軍當中也頂多三十頭龍。真令人吃驚。」

只要是龍，就擁有相當於人類的知性，靈魂足以擔任暗黑力量的容器。

然而這是超稀有物種，就連在魔族領域也十分少見，因此湊齊十六隻實屬異常狀況。

證明布列特從許久之前就已經考量過航空戰力的重要性，事前做好了準備。

「克蕾赫，可以交給妳嗎？」

「嗯，由我擊落牠們。」

「我無法一邊飛行一邊使用高階魔術，但會盡可能支援妳。」

「不，沒有必要。待會兒我就跳下去迎擊牠們。妳直接前往目標地點發動轟炸。敵方的航空戰力只有在這裡的龍。」

克蕾赫之所以這樣斷言，是因為龍群的舉動。

魔物的一部分擁有共同感覺，不須藉由群聚與鳴叫聲之類的外部傳達手段就可取得聯絡。

此時，在後方有自己伙伴的情況下，或是要以整個群體狩獵敵人的情況下，身上所纏繞的氛圍會有微妙不同。

對於持續在最前線戰鬥的克蕾赫來說，可以知道牠們現在是以整個群體狩獵敵人。

「不過，這裡是空中喔。」

「凱亞爾葛有教我一個不錯的魔術。很適合我用。那麼，我去去就回。」

克蕾赫從飛機降落，踩在空中。

這是凱亞爾葛教她的魔術──【風壁】。

是用來凝固空氣的魔術，只要使用這個，便能在空中創造立足點，進行空中戰鬥。

施術範圍限定在身體數十公分以內，是只需要凝固空氣的單純魔術。

因此魔術工程相當少，只要符合座標，有一定強度，再來隨便處理也無妨。

就算是不擅長魔術的克蕾赫，只須仰賴她隨著等級上升的魔術處理速度，就幾乎能以無詠唱方式使用。

於是，現在的她能在空中踏出神速步伐。

儘管龍群會以亞音速飛行，但【劍聖】的步伐凌駕牠們之上。

她從背後追上尾隨芙蕾雅那台飛機的龍，以超神速的拔刀術斬斷翅膀。

克蕾赫不是拿著【神裝武具】，依舊揮舞著人類打造的魔劍。

這是凱亞爾葛藉由專精在鍛造上的技能構成與狀態值，以非常手段打造出來的魔劍。

是只為了殺死黑色怪物而誕生，凱亞爾葛託付給克蕾赫的武器。

「嘰啊啊啊啊啊啊啊啊啊啊啊啊啊啊啊！」

被斬斷翅膀的龍逐漸墜落。

原本應該再生的翅膀並沒有再生。

因為凱亞爾葛附加在魔劍上的功能正常發動。

敵人以靈魂作為代價將門開啟，從異界引出暗黑力量，而這把魔劍的劍腹刻印著將那扇門關起的徽章。

因此，這把劍的斬擊附帶把門關上的力量。

但不僅如此。

因為僅是這樣還是太弱。之所以能一擊造成對方無法再生，祕密在於這把不到數公釐的刀刃上，並排著以微米為單位仔細雕刻在上面的幾十道徽章。

因此，以這把魔劍砍中敵人就能將徽章烙印在對方的肉體。

儘管這種技巧幾乎超越了人類的領域，但凱亞爾葛就是能做到這點。

克蕾赫在空中踏穩腳步，回頭望去。

「從這裡開始不會再讓你們過去。我身上有心愛的人所託付的兩股力量……所以，就算死我也不能輸。」

【劍聖】身上爆發出驚為天人的氣焰。

使得絕對強者的龍感到畏懼。

克蕾赫現在的狀態前所未有地好。

因為，她明白現在所揮出的每一道劍閃，都將證明自己的愛。

克蕾赫的銀髮隨風飄逸，踏在空中前進。

只要殺死一頭龍便會被稱為英雄。眼前有十六頭，而且還是經過暗黑力量所強化。

即使狀況如此險惡，克蕾赫也絲毫不認為自己會輸。

第十一話 【術】之勇者將敵軍燃燒殆盡

趁克蕾赫擋住遭到暗黑力量侵蝕的龍群時，芙蕾雅駕駛飛機往前進。

芙蕾雅並非薄情，也不是把克蕾赫當作棄子。

既然克蕾赫說無須支援，代表真的沒有必要。

那個【劍聖】不會過度看輕自己的實力，也不會過於自滿。

正因為芙蕾雅相信克蕾赫的判斷，才會毫不猶豫地往前進。

從背後傳來的劍擊聲音與龍的咆哮逐漸遠去。

「反而是我這邊比較危險。畢竟這樣一來就沒人保護我了。」

航空戰力雖然只有克蕾赫面對的龍群，但不代表敵人沒有其他從地上狙擊飛機的手段。

……從前，龍曾經遭到地上所射的箭矢貫穿。

儘管要辦到這種事必須有匹敵三英雄的實力，但也無法否定會有那種強者混進來的可能性。

如今，飛機已經逼近目標地點。

敵方主力上空。

只要摧毀這裡，吉歐拉爾王國這邊的戰鬥將會一口氣占有優勢。

反過來說，只要這批主力踏入國境，我方就幾乎確定敗北。

芙蕾雅在這個重要局面一邊使用探查系的魔術，同時下降高度。

從現在的高度不會被狙擊。

她下降到岌岌可危的高度，確認探索範圍內的敵軍。

記憶座標，再用風魔術快速上升。

或許是因為預測到從上空來的攻擊，敵軍開始發出魔術以及箭矢，但那種攻擊根本打不中。

芙蕾雅可以探索的範圍將近五百公尺。光是要射到上方五百公尺的距離就有難度，更遑論命中目標，幾乎是不可能的任務。

為了爭取詠唱時間，她將飛機上升到最高高度。

「好啦，該怎麼辦呢？艾蓮命令我起碼要凍住敵軍停止他們的行動，不過她也允許我狀況許可的話，可以使用『那個』……就這麼做吧。凱亞爾葛大人肯定也會這麼說！」

當她靜止在最高高度，開始詠唱後，飛機就遭到重力牽引逐漸下降。

「那個」是為了對付黑色怪物所創造的力量。

如同凱亞爾葛給予克蕾赫殺死怪物的方法，他也給芙蕾雅能辦到這點的力量。

芙蕾雅所獲得的神杖瓦納爾甘德。

其能力有兩種。

第一，提升全屬性的威力、精度。一般魔杖會根據使用材質以及當初的製法，存在著擅長屬性與不擅長屬性。然而，瓦納爾甘德並沒有這個限制。

對於能使用四大屬性的芙蕾雅來說是再合適不過的能力。

第二，可以事先儲藏莫大魔力。

要將魔力保存在外部非常困難。可是，如果是這把瓦納爾甘德便有可能辦到。

對於以魔術為主要攻擊手段的人來說，不論如何都會想避免自己魔力耗盡。要是在外部有預備魔力就能作為保險手段，況且一口氣釋放儲存的魔力，便能使用超出自己極限的魔術。

……而且，根據儲存魔力的種類不同，甚至能做出有意思的事。只要儲存神獸紅蓮的淨化之焰，連芙蕾雅也能使用淨化之焰。

「雖然沒練習過，但我一定會成功的！」

芙蕾雅邊詠唱邊將手放在瓦納爾甘德的寶玉提高集中力。

原本，像芙蕾雅如此高超的術者可以光憑腦內演算就快速發動魔術。

可是，她卻刻意詠唱。

儘管這麼做得花上時間才能發動魔術，但精度與威力也會相對地增加。

飛機隨著落下逐漸加速。

這個魔術的射程很長，但並不是像轟炸那般直接朝向地面施放就好。

必須要下降到相當危險的高度。

如果是以前的芙蕾雅，以這個速度落下時想必已經不知所措。可是，她也變強了。雖然在詠唱中無法以風魔術控制姿勢，但依舊以純粹的操縱技術維持飛機的平衡。

離地面還有六百公尺。

詠唱進入最終階段，芙蕾雅睜開眼睛。

「神威之火啊，啃蝕我的力量，將汙穢存在燃燒殆盡。第七位階火結界魔術【火山】。」

芙蕾雅的咒文終於完成，魔杖前端朝向地表吐出業火，與此同時，飛機也快速上升。

剛才發出的火魔術之中，紅蓮的魔力占了兩成，芙蕾雅的魔力占了八成。淨化之力當然弱於紅蓮原本的力量，但這道火焰不同。紅蓮的火焰啃蝕了芙蕾雅的火焰，正在逐漸膨脹。

芙蕾雅為了發揮這個效果特地重組術式。

這幾乎超出了人類的能力。

為了提高與神獸火焰的親和性而調整自己的魔力，對於常人來說根本無法想像。

吐出的火焰在大地竄燒，畫出陣形。

遍及地表，半徑數百公尺的火焰陣發出光芒。

從上空一看，就可明白那是將引出暗黑力量的門封印的徽章。

描繪出火焰陣形的線進一步噴出火焰，淨化之焰與封閉門的徽章之力一口氣爆發。

不是單純的大規模破壞魔術。

這是以火焰畫出的大封印，也是大結界。

神獸之火與神鳥徽章的複合效果非常顯著。

就算是被燒成灰燼、化為塵煙也有辦法復活的黑色怪物，也完全沒辦法再生，連灰也不剩消失而去。

「呼，總算是成功了。只要有這火焰結界，就不需要再害怕黑色怪物呢。」

芙蕾雅擦了冷汗。

她對基礎理論的正確很有自信。

畢竟完成術式之後，她就和凱亞爾葛不斷討論。

即使如此，未經練習就直接上陣依然令人害怕。

儘管她其實很想練習，但魔術規模如此龐大，很難在私底下練習。

尤其是在或許已經有間諜混進吉歐拉爾王國的狀況下。

正因為如此，艾蓮才會禁止她練習，要用的話得直接用在實戰，而且還百般叮嚀她要在確信會帶給敵方嚴重打擊的狀況下才能使用。

而現在就是那個時候。

在這裡成功使出這招相當重要。

只要摧毀敵方派來吉歐拉爾王國的主力，便會對今後的戰況有利，一旦知道有這樣的魔術，敵方就不會再派大軍攻打。

更重要的是，會讓敵方認為有必要加強防衛根據地，減緩進攻速度。

「啊，克蕾赫回來了。果然了不起。她毫髮無傷。」

克蕾赫在空中衝刺朝著這邊過來。

她收拾了龍群，正打算與芙蕾雅會合。

芙蕾雅回收克蕾赫。

「結束了呢。」

「是的，很完美。儘管多少漏掉一些，但對方已潰不成軍。那邊進行得如何？」

「我當然全都擺平了。敵方的龍已一頭不剩。」

這樣一來，克蕾赫與芙蕾雅就殲滅了敵軍的航空戰力與主力。

當然，雖說是航空戰力，終究只是用來派來侵攻吉歐拉爾王國的兵力，帝國的王都想必還留有守備用的航空戰力。

就算這樣，布列特原本的如意算盤是以得到暗黑力量的龍群擊落飛機，就算已經做好遭到冰凍的主力會有好幾天動彈不得的心理準備，也沒想過會遭到殲滅。

為了讓敵人誤判，艾蓮一直隱瞞著神鳥已經將封印暗黑力量之門的徽章授予他們的事實。

這個誤判，將使吉歐拉爾王國有機可趁。

「乾脆別回城裡，直接攻過去吧。」

「別這麼做。雖然我認為在徽章的事情被傳回去之前，最好先趁勝追擊，但艾蓮刻意不這樣命令我們。應該有什麼理由才對。」

「也對。連我們都認為最好這麼做，艾蓮不可能會看漏……那麼，我們全速回去吧。」

「啊，要回去的話得先吩咐士兵們回收龍的屍骸。畢竟龍的素材難以取得。」

「這個主意不錯。要是只有這一台，一旦被擊墜就完蛋了，若有好幾台就能想出更多戰略。」

飛機大大旋迴，把前進路線朝向吉歐拉爾王國。

兩人意氣風發地返回王國。

首先，吉歐拉爾王國這邊一口氣取得了優勢。

這樣一來，卡士塔王子也能心無旁騖地使用那個手段。

因為執行那個作戰的前提，是吉歐拉爾王國這邊的戰鬥處於優勢。

第十二話　回復術士送出暗號

～葛蘭茲巴赫帝國，城內～

黑色肌膚與光頭為特徵的彪形大漢，正和中性少年坐在餐桌旁。

布列特與凱亞爾。【砲】之勇者與【癒】之勇者。

他們一起享用中餐已是每天的例行公事。

布列特告訴凱亞爾，以吉歐拉爾王國為首的那些凱亞爾想保護的存在，陷入了絕望的狀況，藉此戲弄他。

用餐中，布列特的部下慌慌張張地衝到他身邊咬了耳朵。

收到的情報指出派往吉歐拉爾王國地區的主力，以及航空部隊都遭到毀滅。【劍聖】與【術】之勇者得到了封住黑色怪物再生的手牌。

……實際上，並非只有【劍聖】與【術】之勇者能封住暗黑力量，但她們的存在特殊，令敵軍有了這樣的錯覺。

這也是艾蓮的計策之一。

聽見預料之外的展開，鮮少動搖的布列特皺起眉頭。

凱亞爾沒有看漏這一點。

「你居然會動搖，真稀奇啊。」

他試圖讓布列特更加動搖，好得到平常沒辦法套出的情報。

「動搖？嗯，的確，我是在動搖。畢竟我以為凱亞爾的那群女人，都是群凱亞爾不在就什麼事也做不好的人偶……想不到還挺能幹的。或者，是凱亞爾事前做了充足的準備，好應對自己不在之後的狀況嗎？真傷腦筋。這樣一來，就沒辦法把她們帶到凱亞爾面前了。」

「我和你不同，不喜歡玩人偶。就算我不在，我的女人們依然會自己思考做出行動。畢竟她們可是很強的。」

「嗯，狀況變成這樣，我沒辦法反駁呢。但是反而更有意思了。畢竟單方面的蹂躪也很無趣。只要攻陷吉歐拉爾王國，世界上就不會有我的敵人。這是最後的遊戲。當然要打得轟轟烈烈才行。」

布列特不再動搖。

因為他確信即使多少受到一些抵抗，依然握有絕對的優勢。

「希望你別因為大意害了自己。」

「你在為我擔心嗎？真令人開心。但是，這並不是大意。而是綽有餘裕。即使狀況多少對你們有利，但也到此為止了。」

凱亞爾沒辦法否定這件事。

只要人類存在，黑色怪物就可以無限供給。

黑色怪物是聯繫人類與另一邊，藉由獻上靈魂作為貢品而獲得力量的系統。因此他們就算把占領的鎮上人類變成怪物，也不會消耗自己的能量。

每次吞噬城鎮與村落，布列特的戰力就會陸續增加。

只要不連根拔起，就沒有勝算。

很明顯的，無論我方多麼驍勇善戰，照這樣下去遲早會有敗北的一天。

……正因為這樣，艾蓮與卡士塔王子才會為了斬草除根而研擬對策。

「發生了一件你始料未及的事。或許今後同樣的事也會再度發生。」

「這樣也很令人期待。讓我見識凱亞爾的女人們有何能耐吧。但是，這點你得先記清楚。愈是像這樣讓我困擾，一旦被我逮著，等待著她們的凌辱就愈是激烈。不知道那群重要的女人壞掉時，凱亞爾會露出什麼樣可愛的表情呢？」

這不是威脅，而是發自內心所說。

這個男人曾經是諜報部的王牌。多得是把人玩壞的方法。而且，布列特嫉妒心強，非常會記仇。

「你試試看啊……不提這個，差不多該讓我和剎那碰面了吧？既然布列特已經毀壞和平條約，侵攻吉歐拉爾王國，束縛我的鎖鏈就只剩剎那而已。如果無法確認她平安無事，我自然沒有繼續老實待著的義務。」

我這句話是認真的。

就算趁他不備暗殺，也得等到布列特逮住我的女人們，在我面前凌辱她們，毀壞她們的心靈，否則他在那之前不會對我出手，無法逮到他的破綻。

儘管我的目的是不讓他對吉歐拉爾王國出手，但現在那種堅持老早就煙消雲散了。

「你似乎不明白自己的立場啊。」

「不，我就是明白才這麼說……別以為你可以不殺我就讓我失去戰鬥能力。當場殺了你，或者逃出這個國家。我沒有能確實辦到這點的自信。但是萬一失敗，我好歹有辦法自殺。你想得到我對吧。」

有一半是賭注。

賭金是我自己。

洗腦與藥物都對我無效。

正因為這樣，布列特為了破壞我的心靈，才會試圖將我珍惜的場所燃燒殆盡，在我眼前蹂躪我的女人們。

然而，他現在還沒辦法得逞。

因為布列特還沒有把我弄到手，所以賭局才能成立。

「哈哈哈，我更加中意凱亞爾了。好吧。就讓你跟你最中意的傢伙碰面吧。不過在那之前先吃飯。畢竟我都吩咐屬下為凱亞爾做了美味的飯菜，要是吃剩就太浪費了。」

布列特大笑，然後將濃湯送進嘴裡。

可以久違地見到刹那。

希望她平安無事。

◇

用完餐後，我被帶到刹那所在的另一棟大樓。

負責帶路的是布列特，以及他麾下的那群少年。

果然，他底下的少年與普通的人類，或是受到暗黑力量侵蝕的生物屬於不同存在。

毋庸置疑的，他們擁有超乎規格的實力。

少年們為了不讓我帶著刹那脫逃，在旁監視著我。

另一棟大樓與我被囚禁的金碧輝煌建築物不同，是典型的質樸風格。

不僅沒有擺飾品，甚至沒有壁紙，岩石表面也裸露在外。

我們登上樓梯。

刹那的房間位在四樓。我窺視該樓層的其他房間，不禁皺起眉頭。

石頭與鐵柵欄加上小型窗戶。房間角落有抽取式廁所。

這是罪人用的牢房。

「既然是人質，你也該對她禮貌一點。」

「別這麼說。那可是凱亞爾心愛的女人，我好歹也是拚命壓抑住自己的嫉妒，準備好讓她至少能活下去的環境。」

「那可真是多謝啊。」

不管是男是女，一旦與嫉妒扯上關係就很麻煩。

總算要來到剎那的房間。

儘管可以從鐵門上的偷窺小窗看見裡面，但沒看見剎那。

不對，看到了。

她掛在天花板的橫梁做引體向上。

而且是只以右手的握力做上下擺動。難度非比尋常。

我原本擔心她會消瘦，但看起來反而增加了些許肌肉。

放心了。姑且不論伙食的品質與味道，但至少有提供她具有營養的充足餐點。

我敲了敲門，剎那看到這邊後立刻衝了過來。

「我只允許你們對話三十秒。目前，我尚未對人質出手。但如果你做出奇怪的舉動，我就會給予懲罰。不是對凱亞爾，而是對那頭雌性。」

布列特不會撒這種謊，也沒有愚蠢到會對人質出手。

至今他確實沒有出手，而且既然說要懲罰就不會留情，他真的會動手。

我向剎那投以微笑。

「剎那，妳過得還好嗎？」

「嗯，很有精神。除了有些無聊外，沒有問題。」

「太好了。我很擔心妳。」

「好開心。凱亞爾葛大人願意關心剎那。」

「因為妳是我重要的女人。我想再和剎那相愛。」

「剎那也是，希望被凱亞爾葛大人疼愛。剎那想要凱亞爾葛大人。」

剎那以溼潤的瞳眸看著我。

要是沒有這道門，就可以在這裡疼愛她了。

當我思考著這件事時，布列特拉住我的肩膀。

儘管他表現得很平靜，但表情依舊浮現焦躁。

「凱亞爾，三十秒過了。到此為止。否則，我會無法壓抑我自己。」

儘管剛才布列特以開玩笑的方式說自己壓抑了嫉妒心，但現在就算不用特地說明，也可以看出他的嫉妒表露無遺。

看起來隨時都會想摧毀剎那。

「謝謝你，願意讓我見剎那一面。」

「畢竟是為了我寶貝的凱亞爾。但是，別以為我會三番兩次容許你的任性。」

「我知道啦。」

況且也沒那個必要。

其實，我要確認剎那平安只是藉口。真正的目的是對剎那下達指示，也已經辦妥了。

布列特是諜報專家，漫不經心地打手勢或是講暗號，會被他簡單識破。

就算他沒識破手勢或暗號，只要他懷疑我們互通有無，剎那就會受到悽慘對待。所以我才會使用特殊的指示方法。

我與剎那事先說過，會根據來見她時所說的對話種類下達指示。

比方說，妳想不想見芙蕾雅她們？想回去吉歐拉爾王國、一切都結束之後，就去見冰狼族的大家吧，以及像這次說的想要相愛之類。會根據對話內容，來改變剎那要採取的行動以及執行時機。

儘管這也歸類於暗號，但布列特沒理由看出來。

因為這些是我和剎那的真心話。

事先準備好的臺詞種類全都是如此。

剛才，我確實是真心想上剎那，剎那說想被我疼愛也是發自內心，而且也有些溼了。

只要不是演戲，自然就沒有不協調感，不會被他發現我們在打暗號。

若是布列特有唯一弱點，就是他以為自己能操控人心。以那傢伙的技術，只要透過洗腦或是下藥，確實就可以隨心所欲地操控他人。

但是，在內心的最深處，有著他絕對無法觸及的存在。

……好啦，向剎那下好指示了。

多虧芙蕾雅她們，逐漸演變成我能夠行動的狀況。

卡士塔王子與艾蓮的策略就快開始了。

而且，肯定會打上一發特大的煙火。

到時才是我該行動的時候。

差不多該開始扭轉局勢了。

第十三話 水之王子領軍

戰況開始變動。

由於吉歐拉爾王國占有優勢，導致其他國家的壓力減弱。

所以才能有機可趁。

「該說不愧是【癒】之勇者的同伴嗎？」

卡士塔王子確認諜報部提出的報告後，點了點頭。

這個國家沒有吉歐拉爾王國那樣規格外的戰力。不，其他國家也沒有。

恩力塔王國與周邊諸國組成聯合軍，團結一致與敵方交戰，但形勢不利是不爭的事實。

雖說【癒】之勇者給了打倒黑色怪物的手段，但要是用上那個卻失敗的話，不僅無法對敵方造成像樣打擊，甚至還會被採取對策，導致走投無路。

因此，卡士塔王子還沒亮出那張底牌。

「艾蓮很優秀。她看到的景色與我相同。」

他攤開地圖。

地圖上標示著戰線逐漸退後的現況。每當戰線後退，就意味著恩力塔王國與周邊諸國失去了重要都市與要塞。

聯合軍在這幾天的戰鬥中不斷爭取一定時間讓市民逃脫，接著他們自己再撤退，反覆採用著這樣的戰法。

既然無法戰勝，也只能這樣做。

途中，甚至打輸了許多不該落敗的仗。

能逃跑的，只有能以自己的雙腳走到避難處的人，沒辦法的就只能留在原地。

因為這件事，使得卡士塔王子遭受痛苦與無力感苛責，但他並不後悔。

他自認一直做出了最佳選擇。

卡士塔王子認為國王的資質當中有兩點很重要。

第一，能夠把握自己做得到什麼，做不到什麼的能力。

要是試圖去做力所不及的事情，將會一無所獲，讓傷口更深。

這次要是打算守護所有人民，不將戰線往後拉，而是徹底抗戰的話，甚至會失去原本應該能保護的人民。

……儘管失去了多數的人民、士兵以及城鎮，但是絕大多數都成功到王都避難，軍隊也有維持功能。

因為他正確地掌握了現狀，才能留下這麼多人。

而現在就是最後關頭。要是在這裡戰敗，恩力塔王國的毀滅自是當然，更何況這個地方在地理上處於重要位置，一旦遭到突破，聯合軍便會徹底瓦解。反過來說，真虧他們能撐到現在。

然後，第二點。

能將自己想法付諸實行的領袖魅力。

人不善面對傷痛。即使統帥願意接受犧牲，思考如何將損害壓抑在最低限度，在內心的某處依舊會有所抗拒。然後出於正義感拯救眼前的某人，導致許多人陷入危險之中，這樣一來，內心所描繪的地圖便會扭曲。

無論研擬多麼出色的策略，要是無法執行也沒有任何意義。

「我受到部下與人民的眷顧呢。」

卡士塔王子的策略即將實現。

明明是無情的作戰，卻快要實現了。當然，並非沒有任何人反對。

所幸他有修正些許反對聲浪的組織能力，而且持有強烈忠誠心的人多半為將校。

正因為他們相信卡士塔王子並跟隨著他，才會有現在。

傳令兵跑進了他的房間。

「卡士塔王子，外牆遭到突破。怪物們正陸續湧進王都。」

「這個水都終於也要淪陷了嗎？那麼，照事前的計畫進行。」

「是，遵命。」

「人民都到城內避難了吧？」

「沒有遺漏。」

「那就好，讓那群怪物見識一下，這座水與藝術的城鎮恩力塔並非華而不實吧。」

這個恩力塔有一招禁忌的手段。

使用這個禁忌的計策，卡士塔王子在好幾個月前就描繪在腦內。

一切都在預料之中。

已經準備就緒。

那麼，再來只須付諸實行。

◇

恩力塔四方的門遭到攻破，黑色怪物蜂擁而至。

士兵與騎士們遵循在其他城鎮的方針，一邊爭取時間一邊後退。

他們退到了城鎮的中心。

不久，士兵們逃向城堡。

恩力塔有著守護城鎮的外牆以及守護城堡的城牆這種雙重構造。

城鎮的外牆有著厚實的城牆，再加上士兵們拚死的防衛。黑色怪物們也花了不少時間在進行攻城。

就算經過兩三天，城堡也不會陷落。

黑色怪物們的增援陸續聚集，如今王都內已經成為黑色怪物們群聚的魔都。

城堡還沒淪陷堪稱奇蹟，然而那也是時間的問題，任何人都如此認為。

恩力塔王國的軍隊疲憊，再加上需要糧食，還得顧慮到在城內避難的人民拖累戰局。相較之下，黑色怪物們不需要進食，擁有無窮無盡的體力。

戰況每秒都在逐漸惡化。

對方無法打太久的守城戰。黑色怪物們只需要靜待時機。

然後到了第四天。異變發生。

整個城鎮發出地鳴。

如果是住在這鎮上的人，想必會注意到那是用來清潔城鎮的淨水系統。水會流過街道，沖掉垃圾與灰塵。

這些水淨化後會流向湖泊，成為滋潤湖泊的養分。

因為這個城鎮，是為了有效率地運用這套系統而設計的。

……然而，這次的搖動卻莫名劇烈。

好幾個人跪在地上，曾是那麼堅不可摧的城牆也產生裂痕。

然後，隨著一陣連地鳴也能吞噬的轟響，那個出現了。

猶如海嘯般的異常放水。

沖走一切的水勢不僅沖走垃圾，甚至將黑色怪物們也一併沖走。
因為有著完美設計，水沒有停滯順勢沖過，將黑色怪物們推到一個位置。
「好驚人。」
從城內眺望外頭的一名女性發出讚嘆聲音。
這是禁招。
不僅需要動員軍隊內的所有魔術士全員，花費三天以上灌注魔力，再加上負擔過大，一次就會使得動力報廢。
而且，也會對城鎮帶來嚴重打擊。
即使如此，將闖入城鎮的所有外敵一併沖走依然是很大的優點。鎮上的怪物們就這樣被沖到了巨大的淨化槽。
這是在水被放流到湖泊之前，用來壓縮大型垃圾的設備。
那實在是過於巨大、寬大。
就算流過鎮上的水最後都會集中到這，也實在是太大了。
理由是因為它並非只是淨水裝置，而是以在這種狀況下運用為前提所設計。
淨化槽為了處理垃圾，原本會設置好幾道鐵柵欄，但現在卻是猶如劍山的無數長槍與鐵柵欄並排在一起。
……【癒】之勇者之前贈與恩力塔王國用來封閉暗黑力量之門的徽章，而他們將這個徽章刻印在每一把長槍上。被沖走的黑色怪物接連遭到串刺，命喪黃泉。

然而，過了一定程度，已經被刺死的怪物形成肉壁，長槍無法再刺中敵人。災害規模的濁流也流盡了。

這個鎮上所有的黑色怪物，幾乎都塞在淨化槽裡面。如果不是這個異樣的尺寸，想必怪物會輕易從裡面滿出。

此時再次發生地鳴，這次是因為軍隊大規模移動。

淨化槽前面出現了恩力塔王國的大軍。

他們都是步兵，手上拿著大型長槍與盾牌。

步兵井然有序地從牆邊排到另一端，將肩與肩，盾與盾緊緊貼著，甚至沒有一隻小貓能通過的空隙。

從盾的隙縫可以窺見長度驚人的長槍，八成完全沒考慮過使用方便或距離是否合宜。

「第一排，突擊！」

聽到將校宏亮的聲音，士兵們發出怒吼突擊。

方才認為沒有實用性的驚人長槍，只要像這樣突擊也能發揮出十二分的威力。

士兵從黑色怪物的的劍與爪子都觸及不到的地方展開突刺。

過長的武器很難與敵人周旋，只要側面遭到攻擊，陣形想必會輕易瓦解，但由於盾牌緊密到幾乎靠在一起，要這麼做也是不可能的。

這個戰術稱為方陣。
是從太古時代就廣受推崇的戰法，如今也相當有效。
仰賴人數與質量的暴力行為。
長槍貫穿眼前的黑色怪物。
由於武器上刻印著將門關閉的徽章，敵人沒有再生直接喪命。
這就是恩力塔的最終戰術。
不論城堡是否淪陷，只有在被追到窮途末路時才能使用。
以水沖走敵方，將他們統統聚集在巨大的淨化槽，再藉由能將地形活用到極限的方陣收拾敵方。
極為單純。
因此強大。
雖說軍師的策略愈為複雜，愈教人捉摸不定，更容易受到讚賞，但那是錯的。愈是單純的策略，就愈不容易發生不確定要素，更加值得信賴。
卡士塔王子的策略，也可以用一句話表示。
吸引敵人，將敵軍關進我方占有地利的場所，再一網打盡。
「第二排，突擊！」
附有徽章的長槍被敵人發現了。

下次對手就會採取對策。

因此，得趁現在將他們殺個片甲不留。盡可能地在對手身上劃下傷口。因為恩力塔王國就是為此才忍到現在。

士兵們使出渾身解數吶喊，蹂躪敵人。

彷彿要將至今的鬱憤、眼淚、憎恨以及憤怒全都宣洩一樣。

幾個小時後，黑色怪物遭到全滅。

「贏了，我們贏了！」

以某人的聲音為開端，歡喜的聲音連鎖發出。

有人哭泣吶喊，有人擁抱彼此，大家都陶醉在勝利當中。

付出了過於巨大的犧牲。

失去了好幾個城鎮，好幾千個人民喪命，王都蒙受嚴重打擊。

但是，他們贏了。

不需要借用英雄犯規的力量，將唯一的武器活用到最大極限。

佇立在軍團後方的卡士塔王子，表情也稍微緩和了一些。

……吉歐拉爾王國、恩力塔王國接連擊退了黑色怪物。

在這種狀況下，總算可以主動出擊。

而且，艾蓮當然曉得這個道理。那名少女絕對會採取行動。

如今要打的並非不能輸的戰役，而是能為了勝利而戰鬥。

為此，必須把現在該做的事情完美做好。

第十四話 留下來的人，前去迎接回復術士

吉歐拉爾城內，芙蕾雅與克蕾赫回來後經過幾天，這段期間，情勢有了明顯變化。

由於吉歐拉爾王國與恩力塔王國的勝利，人類湧起了希望，各國的士氣因此高漲。與此同時，兩國將能殺死黑色怪物的徽章與全世界共享。在私底下持續製作武器。

之所以沒有一點一點拿出來使用，就是想要像這樣趁勝追擊。

藉由這兩次勝利，敵人的對策也跟著變少。

因為分成三分的戰力當中，已經有兩個幾乎毀滅。

而且，既然能殺死黑色怪物的武器問世，對方就無法像以往那樣硬來。但是，勝負還未成定局。

雖說有兩處戰力毀滅，但敵方依舊留有一大戰力。

黑色怪物真正的恐怖之處，在於能補充戰力。

他們只要一邊吞噬附近的村莊與城鎮，同時將居民化為黑色怪物即可。

要是吉歐拉爾王國與恩力塔王國不能並肩作戰，徹底擊垮對方，到頭來又會回到原點。

「一般來說，會這樣認為吧。」

艾蓮在自己房間攤開地圖，在上面移動棋子。

正因為那是一般常識，所以黑色怪物那邊也會把重點放在打造據點來補充戰力，並以防衛為主。

「所以更應該無視。畢竟他們不是用正攻法能贏的對手。」

這種做法可以說是賭博。

一旦置之不理，原本被逼到絕境的敵軍就會在近在咫尺的地方不斷增加數量，而她明知這點卻放任不管。艾蓮這個作戰乍看之下愚蠢透頂，卻是真正的奇襲。

現在不應該打防守戰，而是採取進攻。

不去理會衝到身邊的敵軍，而且比起排除外敵，更重要是把戰力用來直搗黃龍。

要是放著不管，敵方確實會補充戰力，令戰局回到原點。但我方卻能在他們試圖重啟戰局之前，得到寶貴的時間。

吉歐拉爾王國與恩力塔王國打贏戰役，就是為了得到這段時間。

「……其實我不喜歡打保守戰。畢竟我是虐待狂嘛。好啦，該擲骰子了。」

艾蓮閉上眼睛，驗證自己所描繪的今後展開。

分歧成好幾種狀況的可能性。

要從中選擇的，並非是她所能想到的最佳手段，而是即使預測失準，凱亞爾葛等人也有辦法修正方向的方法。

無論多麼出色的軍師試圖研擬出預判未來的對策，依舊會發生意想不到的狀況。

那麼更應該重視的，就是當預料之外的狀況發生時，我軍可以對應到什麼程度，並做出選擇。

「果然，只有這個方法了。我雖然喜歡操控他人，但困擾的是一旦開始行動，就只能祈禱事情順利。」

艾蓮挺起身子。她要前往大家在等待的作戰本部。

最後的工作在等著她。

◇

作戰本部聚集了吉歐拉爾王國主要的成員。

裡面也有芙蕾雅、克蕾赫以及紅蓮。

「感謝各位聚集在此。多虧你們使出渾身解數，拚命奮戰，才能令這場戰爭產生些許勝算……防禦戰到此結束，是時候進攻了。下個目標是葛蘭茲巴赫帝國。我們要擊倒布列特。」

聽到艾蓮的宣言，現場瞬間鼓譟起來。

因為大家都以為要驅逐敵方送出的戰力。

「吉歐拉爾王國以及恩力塔王國。雙方的正規軍要穿戴徽章裝備，配合彼此步調，朝著敵方僅剩的最後主力所占領的據點，法科爾特進軍……可是，這終究是誘餌。要看起來很自然地緩緩進軍，吸引敵軍目光。真正的主力，是趁著黑夜從空中進攻葛蘭茲巴赫帝國的部隊。」

聽到空中這個詞，眾人的表情進一步掛上問號。

「呃，艾蓮。妳的意思是要用飛機對吧？這樣頂多五六個人就是極限了。」

「是啊，我們雖然從擊倒的龍身上回收了素材，但到頭來除了凱亞爾葛以外也沒人能製作飛機。雖說我國有鍊金魔術的好手，但他們的精度卻不夠。」

「芙蕾雅小姐與克蕾赫小姐直接駕駛飛機前往就行，不過要飛在空中，並非只能依靠飛機。凱亞爾葛哥哥留下了伴手禮……名叫熱氣球。」

艾蓮在桌上攤開設計圖。

那與其說是熱氣球，更接近飛行船。

是可以承載幾十人的空中飛船的設計圖。

「凱亞爾葛哥哥說或許會有必要。已經在工房完成製造並經過實驗。若是這個，便有可能讓五十人左右上船。以【劍聖】一族為首，選出這國家殘存的所有精銳搭船。如果是我國最強的少數精銳，就算是五十人也是出色的戰力。」

「好像一顆大氣球呢。真不敢相信這種東西能飛在空中。」

「正是因為難以置信，才稱得上奇襲。」

「可是，我有疑問。雖然感覺能浮在空中，但該怎麼樣前進？果然得靠風魔術嗎？除了芙蕾雅以外，應該很難找到能自由操縱這種巨大物體的魔術士。」

「關於這點當然已經解決了……我們有協助者。」

艾蓮彈了響指，紅色肌膚的龍人便走進室內。

「我是魔王直屬部隊的龍騎士。名叫亞雷克拉・哈特曼。到時由吾等的龍負責牽引。」

由龍牽引人造的熱氣球。這正是艾蓮的手段。

這樣一來便能趁著黑夜，從對方毫無戒備的上空發動攻擊。

雖說在開戰的當下也能使用這個手段，但當時艾蓮警戒著敵方的航空戰力。

況且徹底交戰到這個局面，敵方肯定也沒料到吉歐拉爾王國會有能立刻攻入敵陣的手段。

「聽好了各位，作戰非常簡單。首先，由芙蕾雅小姐與克蕾赫小姐搭飛機突擊。這樣一來，就能吸引敵方的航空戰力。請芙蕾雅小姐與克蕾赫小姐打倒航空戰力，搶下制空權。」

「明白了。請交給我吧。」

「小事一樁。」

「真值得信賴。然後，等兩位支配天空，或是製造出敵軍的破綻之後，再由精銳搭乘的熱氣球從兩個方向侵入葛蘭茲巴赫帝國上空，將事先在上面裝好的滿滿炸彈丟下地面後再著地，取下布列特的人頭。」

「那個，艾蓮。兩個方向是什麼意思？熱氣球有兩台嗎？」

「要製作附有徽章的裝備已經分配掉大量人力，光是打造一台就已經是極限……另外一台會從魔族領域過來。這份設計圖也有送達夏娃那邊，如今他們也完成了相同的移動工具。與我們相同，會讓魔族的精銳坐在上面，由龍群負責牽引熱氣球。所謂的奇襲，就是要趁勝追擊才有意義。不僅從空中，而且還與魔族領域共同作戰，才能攻得敵人出其不意。然後，我還準備了另一項壓箱寶，敬請期待。」

奇襲不同於既定戰術，因此效率很差。

要是對方沒有動搖，而是老神在在嚴陣以待，也不過是一著壞棋。

為了不讓那種狀況發生，發動奇襲時需要怒濤般的追擊。絕不能讓對方保持平常心。

「我們這麼做，凱亞爾葛與剎那還會平安無事嗎？」

他們兩人被當作人質囚禁在那座城堡。

一旦攻擊開始，不是被當作盾牌，就是遭到殺害，不會有好下場。

「我想他們肯定無法全身而退。不過，我們還是得動手。凱亞爾葛哥哥一定會設法脫困。不管怎麼樣，要是不趁現在行動就是我們敗北。與其心有不甘地敗北，不如做出有可能獲勝的選擇……我不允許有人提出異議。凱亞爾葛哥哥將之後的事託付給我，所以我才會在這裡。我的話就等於是凱亞爾葛哥哥的話。」

艾蓮以堅毅且宏亮的聲音斷言。

她沒打算退讓。要是在這裡收手，或是扭曲自己的想法，將會背叛把之後的事情交給她的凱亞爾葛。

芙蕾雅與克蕾赫笑了。

「明白了。一切都交給艾蓮。」

「是啊。這方面是妳的領域。雖然不甘心，但靠我們根本無能為力。」

凱亞爾葛不會將無能之人放在身邊。艾蓮毫無戰鬥能力。但即使如此，他依然將艾蓮放在自己身邊。

那是因為他完全相信艾蓮作為軍師的能力。

她們兩人當然懂得這個道理。

「紅蓮，請妳也一起去。」

「嗯？紅蓮是沒有問題，但這樣就沒人保護艾蓮的說。」

紅蓮這陣子總是從艾蓮那邊收到美味肉塊，過著慵懶毛小孩的寵物生活，但依舊有好好完成護衛的工作。

因為她擋下了好幾次的暗殺。

「一旦這次作戰成功，就是我們的勝利，但要是失敗一切就會化為泡影。不管怎麼樣，我已經沒有必要了。那麼，要把妳這樣的戰力拿來保護不再有用處的棋子，就是愚蠢的行為。」

艾蓮是天生的軍師。

將紅蓮放在自己身邊，並非是因為不安或是為了保護自己。只是因為自己一死就等同於吉歐拉爾王國的敗北，所以這是必要經費。

而如今既然沒有那個必要，自然不該浪費紅蓮這樣的棋子。

艾蓮雖然將芙蕾雅等人也一律視為棋子，但她認為自己也是個棋子。

「……哦，人類真有趣的說。紅蓮就聽妳的話吧。紅蓮原本認為艾蓮只是個會給肉的僕人說。不過，稍微提高評價了說。」

「謝謝妳，紅蓮。回來後請讓我抱抱妳。」

「嗯，算是特別服務，就算不給肉吃也會讓妳抱的說。所以，妳不要死。」

說完這句話，紅蓮將狐狸的黑鼻子抵在艾蓮的鼻子上。

稍微地流入了一些神獸的氣。

是小小的咒語。

「嗯，我在摸到紅蓮之前是不會死的。而且，我還想繼續被凱亞爾葛哥哥疼愛。」

艾蓮露出微笑。

那是完成任務的表情。

「那麼，各位，請在日落的同時出擊。麻煩你們在那之前做好準備。」

「「「是！」」」

軍師發下最後的命令。這一瞬間，她的工作結束了。

艾蓮閉上眼睛，腦海浮現凱亞爾葛的臉，同時這樣心想。

……我是否有回應那個人的期待呢？

第十五話 各自的決戰前夕

吉歐拉爾王國與恩力塔王國升起了反擊的狼煙。

抵擋了黑色軍隊侵攻的兩國趁著這股勢頭，為了殲滅敵人而出兵。

然而，這是誘餌。

真正目的是進攻葛蘭茲巴赫帝國。

原本，打消耗戰就是對人類這方壓倒性不利的短期決戰。換句話說，除非拿下【砲】之勇者布列特的首級，否則根本沒有勝算，這種事無論是誰都一目了然，戰略上也沒有問題。

然而，要執行這個戰術需要非比尋常的膽識。一般來說，不可能捨棄眼前的安全追求勝利。

而且，執行方法也同樣偏離常識。

交給龍群牽引熱氣球，由坐在上面的精銳部隊直搗黃龍。

熱氣球屬於開發中的新兵器，目前尚未問世。更何況根本不會有讓龍群牽引交通工具的想法。

即使是布列特，也不可能料想到這一招。

但雖然有辦法發動奇襲，拿下他首級的機率依然很低。

畢竟現在的葛蘭茲巴赫帝國，是幾乎所有人民都化為異形的魔都。

若是普通國家，不會將一般市民列入戰力考量，然而，在葛蘭茲巴赫帝國卻是所有人口皆為戰力，而且實力更勝普通士兵。

要是在拿下布列特的首級時稍微費了點工夫就玩完了，轉眼間便會遭到壓倒性的戰力差距所吞沒。

要排除眾議執行這次作戰，對艾蓮來說也是苦澀的選擇。

她本人也明白這是勝算渺茫的賭注。

可是，若是她不做出判斷並付諸實行，甚至不會有賭上一把的機會。況且現在反而是最適合賭一把的時機。所以她才會做出這樣的決斷。

◇

由龍牽引的熱氣球飛在空中。

乘載容量幾乎由精銳以及他們的裝備所占據。

上面只帶了最低限度的水與糧食，盡可能增加人手。若不是短期決戰便是我方敗北，所以為了長期戰做準備根本沒有意義。

在此的個個都是精銳，不會像新兵一樣恐懼，也不會亂了方寸。

然而，這次的狀況依舊令他們神色緊張。

除了一個人之外。

「肉真好吃的說。」

小狐狸大口咬著送給她當伴手禮的肉。

她的舉止與現在的氣氛實在太不相稱。

沒有前往死地之人特有的悲壯感。

儘管本人沒那個意思，但小狐狸惹人憐愛的模樣，以及她天真無邪的舉動安撫了現場氣氛，療癒了士兵們的心靈。

一名士兵走向紅蓮。

「我聽說您是神獸。請問是否有什麼用來戰勝那群怪物，類似咒語的東西呢？」

「唔——有是有的說。反正紅蓮吃了好吃的肉，心情很好，特別優待你的說。那把劍，借給紅蓮看看的說。」

「請……請收下。」

現場精銳的所有武器都雕刻著對付黑色怪物用的徽章。小狐狸將前腳放在徽章上。

接著，紅色徽章發出光芒，即使紅蓮抽離前腳，光芒依舊沒有消失。

「雖然武器不太好，但這個徽章與紅蓮的力量非常契合，所以紅蓮把力量灌進裡面了說。

這樣一來，黑色怪物也會一下子完蛋的說。」

「謝……謝謝您！各位，快看。神獸大人為我的劍賜予了祝福！」

男子的叫聲使得周圍大聲嚷嚷，紛紛衝到了紅蓮身邊。

這也是當然。

接下來要前往死地。會想稍微增強實力也是情有可原。若是神獸的破邪之力能寄宿在武器，自然會想仰賴她。

看到圍過來的人們，紅蓮擺出了一臉不耐煩的表情。

這個小狐狸自由奔放。

沒有為了他人做事的高尚情操。

剛才只是因為心情愉悅，一時心血來潮罷了。

所以不可能找自己麻煩，幫在場所有人的徽章灌注力量。

「紅蓮累了的說，沒辦法！」

紅蓮猛然別向旁邊。

「怎麼這樣，請您務必幫忙。」

「我不論怎麼樣都要回到故鄉，去接那傢伙。」

「妳很喜歡肉吧？我把自己的保存乾糧給妳！」

「我家裡有生病的母親……」

儘管她嘴上這樣說，但眾人不可能因此輕易放棄，他們依舊持續拜託，最後還流下淚水動之以情。

紅蓮再怎麼自由奔放，聽到對方苦苦哀求說不想死，想活著回到家人身邊，肯定也會過意不去。

家人。

因為她聽到這句話時，腦海浮現了凱亞爾葛的臉。

而且不知為何，還對她露出爽朗的笑容。

紅蓮歪了歪頭。她印象中沒看過那個表情。可是，卻變得有些寂寞想哭。

「真拿你們沒辦法的說。活著回去時要獻給紅蓮高級肉塊的說。紅蓮不要保存乾糧那種又便宜又硬的肉的說……還有，你們要豁出性命保護紅蓮的主人的說。要不顧一切的說！如果答應這個條件，就把武器拿過來的說。趁紅蓮還沒改變心意前這麼做的說！」

然後，她終於屈服了。

在場所有人答應了這個條件，於是紅蓮在每個人的武器上灌注力量。

以死掉的眼神，輕輕地把前腳放上去。

一開始的情緒雖然低到不行，但每當被對方感謝、戴高帽的時候就變得得意忘形，最後整個人是興高采烈。

「受到人類崇敬也不壞的說，主人應該更尊敬紅蓮才對的說！」

然後，到了最後一放。

這樣一來就完成所有人的升級。

「非常感謝，紅蓮大人。」

「您的毛髮實在非常神聖，」

「我要從貓派改宗到狐狸派。」

「請問我是否有榮幸摸摸看！」

「免禮的說！可是不能摸紅蓮的毛說。能摸的只有紅蓮覺得特別的對象的說。狐狸的尾巴才不便宜的說！」

她嘴上這樣說著，卻搖著尾巴縮成一團，將尾巴當作枕頭開始慣例的狐睡，圍觀士兵則是陶醉地看著她。

力量使用過頭令她想睡，而且要是不透過睡覺恢復，就無法在半天後的戰鬥使出全力。

再怎麼說，紅蓮依然想拯救凱亞爾葛。這次狐睡是為了令自己進入萬全狀態。

……這一幕對紅蓮而言，只是臨時心血來潮。

可是她的心血來潮，將會打亂許多盤算。

◇

熱氣球的前方是負責帶路的飛機。

「呼，像這樣緩慢飛行反而更耗費精神力呢。」

「再稍微加油一下，馬上就到著陸地點了。」

若是只有飛機，就可以在當天展開奇襲，可是既然要配合熱氣球的速度，那麼自然是不可能的。

她們預定今天先著陸，在當地休息，明天再發動攻擊。

這次休息也是用來與魔族那邊配合時機。

「那裡就是著陸地點。」

先行一步的諜報部員確認到熱氣球後，送出了暗號。

芙蕾雅看到後讓飛機進入著陸模式，幾秒鐘後便平安著地。

兩個人以俐落手法開始準備野營。

「真期待與凱亞爾葛重逢呢。」

「是的，那個人不在的日子實在很難熬。」

「是啊。不僅寂寞，身體也很難耐。」

「我還以為克蕾赫不是會說那種話的人呢。」

「事到如今，也沒必要遮遮掩掩……這次大概是最後的戰鬥吧。一旦這場戰鬥結束，我打算與凱亞爾葛生個孩子，悠哉地生活。」

「啊，其實我也是。我很憧憬那樣的生活。畢竟一直以來都忙得抽不開身。況且，我認為凱亞爾葛大人也是這麼想，與其再繼續追求什麼，他應該更希望過著那樣的生活。」

「是啊，雖然周遭的人都說他有雄心壯志，但我認為凱亞爾葛的本質並不是那樣。平穩與和平、安寧。他是追求那種生活的人。那個人並不會奢求太多。」

「……真令人驚訝。想不到除了我以外，還有人這樣看待凱亞爾葛大人。」

凱亞爾葛這個人經常處於騷動的中心，不管金錢還是女人他都得到了，膽敢違逆他的人，也都被他毫不猶豫地擊潰。

儘管在世間被稱為英雄，卻被視為遵從慾望，勇往直前的暴君。平穩以及和平，一般來說，會認為他與那類概念是最為遙遠的存在。

但凱亞爾葛的內心，其實渴望著平穩與和平的生活。她們兩人是這樣說的。

她們說得沒錯。

那才是他這個人的本質。

他並非自願到處引起爭端，而是為了得到自己所期望的溫柔世界而行動，才造成這樣的結果而已。

姑且不論克蕾赫，想必凱亞爾葛也沒料到芙蕾雅也會注意到這點。

對凱亞爾葛來說，芙蕾雅是他透過不正當的手段，讓她服從自己的人偶。

她不可能看穿主人的內心世界。因為那是人類深愛著一個人的內在，才有可能引發的奇蹟。

「希望能贏呢。我想要打贏這場仗，搶回凱亞爾葛大人，把這個世界變成一個可以讓凱亞爾葛大人活得像自己的世界。」

「是啊，我們就是為此才會在這裡……等戰爭結束，雖然有許多麻煩事得處理，但那些事情就交給能做的人去做吧。畢竟我們對那方面一竅不通。」

「這句話，要是告訴艾蓮或是夏娃應該會被唸喔。」

「畢竟艾蓮與夏娃反而是在戰鬥結束後會比較忙嘛。」

芙蕾雅與克蕾赫相視而笑。

彼此開始感受到名為友情的情感。

至今為止，她們終究是以凱亞爾葛為中心聚集的個體，一旦凱亞爾葛消失，就是連話都不會交談的外人。她們是以這種感覺在看待彼此。

「來了一名龍騎兵。是夏娃的使者吧。」

「明天要競爭嘍。」

「競爭什麼？」

「看誰能先救到凱亞爾葛。」

「我不會輸的。」

能平穩度過的最後一夜晚就這樣過去了。

這天，芙蕾雅與克蕾赫決定兩個人一起度過。

熱氣球降落之後，她們與對方談妥最基本的公事，後來就一直待在帳篷裡。

兩名女性熱烈地聊著凱亞爾葛的話題。

心愛男人的話題意想不到地熱烈，讓她們聊到忘記了時間。

隔天早上，飛機起飛。

再過幾個小時就要抵達最危險的敵陣。

腦海浮現起心愛之人的臉孔，少女們飛向天空。

第十六話 與回復術士重逢（前篇）

總算要開始戰鬥了。

日落的同時，飛機侵入了葛蘭茲巴赫帝國上空。

葛蘭茲巴赫帝國這邊也知道飛機的存在，事先已採取了對策。

化身黑色怪物的龍群對她們發動襲擊。

「真是被小看了啊。」

「是啊。那已經是破解過一次的技倆。可是請別大意。或許是要讓我們以為他們又要故技重施。」

「……也對。妳是不是變得有點像凱亞爾葛了啊？如果凱亞爾葛在場，感覺他也會說相同的話。」

吉歐拉爾王國遭到葛蘭茲巴赫帝國侵攻時，是以飛機侵入敵方主力上空，再由克蕾赫擊潰龍群，交給芙蕾雅以大規模魔術燃燒敵軍。

若是敵方與當時相同打算以龍群用實力碾壓，只要同樣由克蕾赫擊潰龍群，芙蕾雅擊發大規模魔術就結束了。

克蕾赫從飛機降落，踩著風在空中前進。
她的模樣就宛如女武神。
閃開無數的龍息，反過來砍斷朝她揮下的龍爪，完全不把龍群看在眼裡。
反而是龍群接二連三被一刀兩斷，墜落地面。
照這樣下去，不久後龍群便會全滅……就在這個時候。
被砍倒的龍後面，出現了長著天使翅膀的少年，拿著長槍攻擊克蕾赫。
儘管是出其不意的一擊，克蕾赫依舊立刻應對，她轉動脖子，躲開了瞄準額頭的一擊。
「居然能閃過我的一擊，以下等人類來說倒是挺能打的。」
「你很小看我呢。那麼，你就抱著這個想法死去吧。」
少年以長槍不斷使出追擊，但克蕾赫不僅一一躲開，還使出反擊命中了他的脖頸。
然而，這無法成為致勝的一擊。因為克蕾赫的劍被擋下了。
令人難以置信的是，能將鋼鐵像奶油那般切開的【劍聖】之劍遭到皮膚擋下。
儘管並非毫髮無傷，但也不過是稍微流出血罷了。
「居然有現在的我無法砍斷的東西……有意思。」
與克蕾赫對峙的少年擦拭脖頸，不斷凝視沾滿鮮血的手。
他的樣貌美麗。中性且夢幻。
可是，表情卻因為憤怒而逐漸扭曲，由於原本樣貌美麗，反而顯得更加醜陋。

「我受傷了，居然傷了我的身體，傷了神皇帝陛下的所有物————！」

光芒爆發。

從他的身體挺出猶如刺蝟般的無數長槍。

克蕾赫在往後退的同時扭轉身體，以劍彈開打算捕捉自己的攻擊。

即使如此，依舊有兩把無法完全閃開，攻擊擦過大腿與側腹，克蕾赫受傷了。

由於這次攻擊出其不意，令她一瞬間沒來得及反應，但即使扣除這點，少年天使的攻擊也過於快速。

克蕾赫認定眼前的少年是名強敵，將自己的實力提高一個檔次。

「呼，看來小看對手的人是我。因為我想要保留實力，才會受了多餘的傷。這樣或許會被凱亞爾葛訓一頓啊。」

此時，生出長槍的少年襲擊克蕾赫。

克蕾赫像是要正面迎擊他那般加速。

她已經知道少年的速度。

所以，也能預測他的速度並非無法反應。

她一邊閃過無數長槍，同時拉近距離。

眼看克蕾赫的劍就要擊中少年，但他的身體又生出長槍。

可是，克蕾赫已經料到這點。

現在的克蕾赫，甚至可以預測到意想不到的狀況。

她閃過部分長槍，另一部分則是避開要害以身體接下，再使出渾身解數給對手一擊。

剛才被皮膚擋下了。

可是，她不僅掌握了對手的速度，也同樣摸清了他的硬度。

那麼事情就簡單了。

只要灌注足以砍斷那股硬度的力量就行。

剛才之所以無法斬斷，是因為克蕾赫甚至認為與龍戰鬥都只是暖場，保留了實力。

只要不考慮那麼多，發揮真正力量，她就能斬斷對手。

從頭蓋骨到胯下，一刀兩斷。

「啊啊啊啊啊啊啊啊啊啊啊啊啊啊！連不起來，我的，連不起來。我重要的，為了取悅神皇帝陛下的，我的啊啊啊啊啊！」

少年天使往下墜落。

就算被砍成兩半也沒有當場死亡，擁有異常的生命力。

可是，烙印著徽章的劍阻礙了黑色怪物的再生。

想必他總有一天會死。

雖說少年天使並非黑色而是白色，但本質似乎不變。

「……真強。」

克蕾赫喃喃自語，同時拔出刺進大腿與側腹的長槍。

儘管很乾脆地結束，但能有這樣的結果，是因為她做好了輕傷的覺悟，並使出渾身解數突進之後，硬是吃下了對手出其不意的一擊才能辦到。

克蕾赫為了在短時間結束戰鬥，選擇了這個手段。

反過來說，若是克蕾赫不這樣做，對手實力強到會演變成長期戰。

明明如此……

「有點洩氣啊。」

明明才剛打倒那樣的強敵，不僅龍群再度增援，甚至還出現了三名少年天使。

克蕾赫明白他們與剛才的少年天使實力相當。

即使是克蕾赫，面對三名少年天使也沒有必勝的把握。

也無法期待芙蕾雅能支援。因為現在的芙蕾雅光是為了閃過龍息就已竭盡全力。

在她集中精神對付天使的這段期間，龍群也在攻擊飛機。

「不太妙啊。」

若是原本的作戰，是由她們兩人先行一步搶下制空權，再由後來趕到的熱氣球殺入敵方根據地，在上面待命的精銳順勢一擁而上。

可是，再這樣下去會沒辦法奪得制空權。

如果熱氣球就這樣過來，會在抵達目標地點之前就被擊墜。

眼前的少年天使擺出猙獰表情。

「艾奇耶爾的仇人。」

「不過是個骯髒的女人。」

「讓妳去當豬的玩具。」

三名少年天使將克蕾赫視為宿敵。

與剛才砍倒的敵人不同，他們保持最頂級的戒備，以三人組成陣形。

要在三對一的狀況下戰勝敵人，並不是有三倍的實力差距就好。敵人不僅會從三個方向同時進攻，出招次數也截然不同。更何況在空中這個場地，人數愈多狀況愈是有利。因為沒有遮蔽物，也能從全方位進攻。

如果有個能託付背後的同伴，起碼可以彌補數量上的不利。

就算以全力戰鬥也贏不了。察覺到這件事，克蕾赫咬緊嘴唇，就在下個瞬間。

「我來晚了！增援到嘍！」

魔王出現了。

擁有黑色羽翼與銀髮的美麗少女。

她是現任魔王，也是凱亞爾葛的戀人。

她與將近百名的黑翼族一同飛來這個天空。

「夏娃！他們是誰？」

克蕾赫看到她帶來的黑翼族成員後大喊。

裡面熟悉的面孔。而且，都是些不應該出現在這裡的成員。

畢竟，他們都是克蕾赫從前在黑翼族村落熟識的對象，應該已經死去的人。

「我決定稍微借用一下大家的力量。」

……夏娃帶來的黑翼族人是死人。

技能——【黑翼召喚】。

留下遺憾死去的黑翼族人，會受到最為閃耀的同族靈魂牽引，寄宿在其羽翼。

夏娃擁有將那些靈魂具現化的能力。

「大家，要上嘍。讓他們見識我們的力量……那些傢伙的力量是前任魔王的殘渣，有義務用我們的力量剷除他們。【聖光爆裂】。」

夏娃發動極為稀有的光屬性魔術，【聖光爆裂】。

不僅是夏娃，就連身後的眷屬也使出同樣招數。

少年天使以及龍群，紛紛遭到光槍貫穿墜落地面。

「沒辦法再生……」

「好痛，好痛，神皇帝陛下！」

「我們應該是永遠不滅的啊，為什麼！」

少年天使們摸不著頭緒，墜落地面。

「那原本就是魔王的力量。對真正的魔王以及其眷屬的攻擊不會起作用。」

夏娃成為魔王，與前任魔王相同開始受到暗黑力量侵蝕。

她也因此理解那股力量究竟是什麼。

至今為止，歷代魔王都害怕自己不再是自己，他們畏懼這種恐怖，選擇視而不見。

但是，夏娃不同。

她決定正面注視侵蝕自己的存在，並進一步考察對應方法，甚至打算駕馭這股力量。

因為她的戀人是這麼做的。

遇上愈是恐怖的存在，凱亞爾葛愈會仔細觀察，從中想出應對的方法。夏娃喜歡那樣的凱亞爾葛，所以才會模仿他的做法。

夏娃的眷屬們回到了羽翼。

因為這個技能消耗的能量過大，就算是覺醒為魔王的夏娃也無法長時間展開。

「殘黨請交給我收拾。夏娃和克蕾赫都過來這邊！除了飛機周圍以外都很危險。」

芙蕾雅大喊。然後，完成了一大魔術。

「第六位階廣域氣流操作魔術【風神】。」

從上空產生了驚人的下降氣流，剛才遭到夏娃與其眷屬同時掃射，在空中負傷的敵軍都被打落地面。

直擊地面的風以水平方向移動，給地表帶來了相當大的損害。

簡而言之就是下降氣流。

如同在城鎮正中央發生了超大規模的龍捲風那般，光是這樣就能令城鎮呈現毀滅狀態。

現在依舊飛在空中的，只有飛機與在旁邊的夏娃和克蕾赫。

「太好了，漂亮地收拾掉了！」

「就算我不來幫忙，或許也能設法解決呢。」

「不，沒有這回事。那群天使實力驚人。應該不會因為這點程度的風而傷腦筋。總之，幸好妳能來，夏娃。」

「夏娃，我們一起去救出凱亞爾葛大人吧。」

「嗯，我就是為此而來。雖然魔族高官都生氣地說魔王不能直接過來，但我可是凱亞爾葛的戀人啊。」

三名少女嘻嘻笑了。

接著，從吉歐拉爾王國出發的熱氣球，以及從魔族領域趕來的熱氣球，都緩緩地進入沒有敵軍的天空。

氣流就這樣直接衝撞葛蘭茲巴赫帝國的城堡。

這股衝擊撞出了一個洞，吉歐拉爾王國的精銳、魔族以及魔物都順勢蜂擁而上。

各自的手上都理所當然地拿著對付黑色怪物的武器。

「我們也下去吧。」

「按照預定進行呢。」

「希望他們倆都平安無事。」

三人降落地面。

……事實上，坐在熱氣球上的精銳、魔族以及魔物是誘餌。

熱氣球發動的奇襲，其實是為了欺瞞敵方迎擊用的主力軍的障眼法，也就是雙重陷阱。

真正的主力，是從葛蘭茲巴赫帝國的地下通道潛入的夏娃、克蕾赫以及芙蕾雅她們三人。

通過地下通道，救出剎那。

之後，再前往凱亞爾葛身邊。

「啊——等等的說！」

此時三人聽見了可愛的聲音。

「唔——不可以忘記紅蓮的說。況且要是紅蓮不在，就找不到主人還有剎那的說。」

小狐狸猶如鼯鼠那般攤開雙手雙腳在空中滑行。看來她有用來飛行的飛膜。

對紅蓮來說，人形姿態不過是她能夠變身的種類之一。像這樣變身為俏皮的狐狸鼯鼠的模樣，對她來說也是輕而易舉。

況且紅蓮不僅鼻子靈敏，她與凱亞爾葛更是在靈魂深處相連，所以無論他被藏在哪裡，紅蓮都是一清二楚，用來帶路是再適合不過。

「對不起，我們並沒有忘記紅蓮。」

「如果之後為了紅蓮賣命就原諒妳們的說。率先抵達主人身邊，讓他撫摸或是做舒服事情的人是紅蓮的說。大家要為了紅蓮，賣命打倒礙事的傢伙的說。」

「要是她的外表不是可愛的小狐狸，我應該會把她丟在這裡。」

「算了啦，這很有紅蓮的風格，這樣也很可愛啊。」

就這樣，三人與一隻往前奔跑。

為了迎接凱亞爾葛。

敵方目前把注意力放在人數多的地方。

現在想必能輕鬆潛入敵陣。

第十七話 與回復術士重逢（中篇）

城堡這種建築物，多半都會設計好逃脫路線。

由固若金湯的城牆守護的城堡雖然安全，但萬一遭到攻陷，到時堅不可摧的的防禦反而會成為阻礙，無路可逃。

所以，為了讓王族在發生萬一時能從城內脫逃，勢必會事先準備只有王族才知道的祕密通道。

葛蘭茲巴赫帝國的王城也沒有例外，這裡存在著隱藏通道。

芙蕾雅等人利用這個通道潛入城內。

存在於這個城堡的隱藏通道，是以偽裝成下水道的形式所建。

芙蕾雅等人之所以會知道只有王族才知道的情報，是有原因的。

葛蘭茲巴赫帝國的王子之一正在某個國家留學，是找到那傢伙後問出來的。

那名王子得知布列特殺害了葛蘭茲巴赫的所有王族，國民也被變成怪物之後，他感到悲傷、憤怒，所以願意協助吉歐拉爾王國。

這也是艾蓮的計策。

「雖然現在說有點太遲，但我們也搭熱氣球侵入城內不就好了嗎？」

「如果只是要打倒敵人確實是這樣，但我們最優先的目的，是救出剎那以及凱亞爾葛大人。」

「說得也是。」

「紅蓮，妳可以聞到剎那的氣味嗎？」

「這裡太臭了，紅蓮分不清味道的說！要找人得等到了地上的說。」

小狐狸以狐狸尾巴蓋住鼻子。由於目前在下水道附近，惡臭相當濃烈。對嗅覺敏銳的紅蓮來說堪稱地獄。

「真沒辦法……照這份地圖來看，應該只要再走一下就會抵達糧倉。」

芙蕾雅看著艾蓮交給她的地圖。

萬一走的不是正確路線，等著她們的就是無情的陷阱。

所以千萬不能走錯路。

王城存在著四棟大樓，最初的目的地是事前推測用來關住剎那的那棟。會研判剎那被捉到這裡，也是根據那名王子給的情報。他說用來關住懂得魔術的人的設備有限。

周圍只響起芙蕾雅等人踢踢躂躂的腳步聲。

「真是奇怪。沒有任何人看守。根據艾蓮的說法，布列特也知道有名王子正在留學。所以，布列特應該很有可能知道我們掌握了祕密通道，在此設下陷阱埋伏我們。」

「會不會是忙於應付上面的襲擊呢？」

「希望如此。」

說著說著，眾人來到天花板較低的場所。

一按下天花板的某個位置，天花板便輕鬆移開，糧倉便映入眼簾。

芙蕾雅使用【熱源探查】的魔術，確認沒有人埋伏之後，告訴大家現場安全無虞。

於是紅蓮就輕快地跳了上去，捷足先登，接著是身手矯健的克蕾赫與夏娃上去，將芙蕾雅拉上來。

「有好多看起來很美味的食物，流口水了說。」

畢竟是糧倉，擺放著各式各樣的食材，令紅蓮看了直搖尾巴。

「不行。因為我們沒時間了。」

「紅蓮也知道的說！」

嘴上這樣說著，卻偷偷地咬了塊看起來最好吃的肉，這點很有紅蓮的風格。

紅蓮一邊咬著肉一邊抽動鼻子。

「有剎那的味道。在上面兩層或三層的地方的說。沒有主人的味道。」

「這樣啊，那麼先到那邊會合吧。由於沒有時間，我們要直接抄捷徑。紅蓮，請指出剎那所在的方向。」

「在那邊的說！」

紅蓮朝著斜上方伸手。

「這樣啊。那麼，只要朝正上方發射就沒問題了。」

芙蕾雅莞爾一笑，開始詠唱。

原本，芙蕾雅這種級別的魔術士大可捨棄詠唱。

但她刻意不這麼做，是因為要施展即使像她這種水準的術者，若是捨棄詠唱也無法完成的魔術。然後，詠唱完成。

「第六位階炎熱魔術【紅光】。」

比人類極限的第五位階更高階的魔術。

那是釋放出超高密度火焰的魔術。

芙蕾雅將原本有辦法將這整棟大樓燃燒殆盡的火焰進行超壓縮，變化為電漿釋放出去。

紅色閃光穿過石砌天花板，但威力依舊不減，筆直衝向天空，劃開雲層。

「開出道路了。夏娃，請妳把剎那帶回來。」

「真是亂來啊。不過，這樣的確簡單了當。那麼，紅蓮，靠近剎那時要告訴我喔。」

夏娃抱起紅蓮，張開翅膀。

「嗷！突然這麼做太過分了說！肉都掉下去了說！」

紅蓮一臉惋惜看著掉下去的肉，不斷揮動短小的手腳，但夏娃不以為意，通過芙蕾雅打穿的大洞飛翔，不斷往上攀升。

來到位於四樓的地方，紅蓮發出吼聲。

「是在這層樓吧。」

「再稍微過去的說。」

紅蓮用尾巴指示方位，夏娃便朝著該方向飛翔，她將魔力纏繞在身上，用身體衝撞的方式撞破大門，以最短路線往前飛行。此時她也抱緊紅蓮，確保她不會受傷。

「這不是說芙蕾雅很亂來的人會做的事情的說。」

「畢竟在與時間賽跑嘛。」

就這樣，她們來到了牢房密集的樓層。

夏娃感覺到魔力逐漸分散。

這種牢房的素材有著擴散魔力的力量。

光是靠近就有如此效果，夏娃看出要是進入牢房，甚至連她要用魔術都得費一番工夫。

來到這裡後，夏娃總算遇上了守衛。

少年天使。實力甚至超越黑色怪物，受到布列特寵愛的存在。

那名少年天使將雙手雙腳遭到束縛的刹那當作盾牌。

或許是因為刹那被動了什麼手腳，她失去意識，看起來渾身無力。

「不愧是神皇帝陛下。慧眼實在了得。這女人的同伴真的為了救她大搖大擺地出現了。」

「我們來救剎那的行動果然被他料到了。」

「唔——可是沒關係的說。只要把那個分不清是男是女，臭氣沖天的傢伙打飛，再救出剎那就好的說。」

紅蓮一臉無趣地打了呵欠。

她之所以表現得綽有餘裕，是因為有現任魔王夏娃在這。

身為神獸的紅蓮了解少年天使的實力。

而且，也明白那股力量在面對正統持有者的魔王時不具任何意義。

夏娃點頭，為了釋放光魔術而蓄力。

她打算以光速長槍轟飛對手的頭。

若是速度快到來不及反應的光之魔術，甚至不會給敵人拿剎那當盾牌的餘裕。

「呵呵呵，不管做什麼都是沒用的。我們高階種可以產出神之尖兵。神諭已經結束了。就算殺了我，這女人也會立刻成為我們的同伴。」

「少在那邊胡說八道！」

「我才沒胡說，來，自己看吧！」

夏娃的臉染上絕望。

「唔嘻嘻嘻嘻！請您看著神皇帝陛下！我照您的吩咐，將神皇帝陛下的敵人打落絕望的深淵了！」

少年天使嘲笑夏娃。

剎那渾身無力的身體散發出暗黑力量。

然後，開始轉化為異形。

再這樣下去，剎那也會成為醜陋的黑色怪物。

這名少年天使在等夏娃等人來解救剎那。

他的目的是激怒她們，讓她們以為能救到人的下一瞬間，就把剎那變成醜陋的怪物，令她們感到絕望。

比起將她們捉起來或是排除，布列特更優先選擇令她們絕望。

因為他很清楚。

凱亞爾葛的女人們和他不同，心靈很脆弱。一旦她們心碎，再來要怎麼料理都行。

夏娃的表情扭曲。對夏娃而言，剎那是喜歡同一個人的對手，也是對她最溫柔的重要朋友。

起初，剎那只是聽從凱亞爾葛的命令幫忙照顧夏娃。

夏娃對她也沒有看護以上的感情。

可是，她們兩人意外地合得來。

畢竟喜歡上同樣的人，本質也很相像。況且她們也對彼此的專情產生共鳴，不知不覺間變成了朋友。

夏娃邊流著眼淚邊釋放光槍。

確實地瞄準了少年天使的脖頸之上直接轟飛，解放了剎那。

然而，變化卻沒有停止。

少年天使的話並非虛張聲勢，他真的已經讓剎那變成異形。

「沒有趕上……對不起，剎那。可是，我至少會在妳變成怪物前了結妳。」

夏娃將蓄積了光之魔力的手，擺向逐漸變成怪物的剎那。

起碼要在她還是人的時候殺死她。

夏娃相信這是現在的自己唯一能做的事情。

「永別了，剎那。」

然後，釋放光之長槍……在千鈞一髮之際。

「狐狸拳。」

紅蓮從夏娃的肩上一躍，以灌注了淨化之力的肉球打向剎那的額頭。

就這樣，暗黑力量宛如原本就不存在那般消失，變化也跟著停止。

夏娃臉上的表情消失。各種感情湧上心頭，讓她不知道該擺出什麼表情才好。然後，她露出恍然大悟的神色，慌張地將右手偏移剎那身上，光之長槍就這樣擊穿牆壁消失。

「好危險的說！妳打算殺了紅蓮和剎那嗎！」

小狐狸不斷發出抗議的叫聲。

「如果救得了她，妳應該先說啊！」

夏娃也不服氣地大聲回嘴。

「如果完全跑到另一邊的傢伙只能殺掉，但如果是變化途中就能設法處理的說。但紅蓮是體諒妳才沒說的！『我至少會在妳變成怪物前了結妳』什麼的，因為妳進入了自己的世界，好可憐的說……」

「不，妳應該說啊。那個時候就該阻止我啊！」

紅蓮擺出難以接受的表情，同時說著：「售後服務～」，用肉球來回賞剎那的臉頰巴掌。

「總之，快扛著剎那逃走的說。總覺得有很臭的慢慢靠近的說。還有，剎那也很臭的說，這傢伙根本沒洗澡的說。」

「啊啊，真是的，總之我們走吧。」

夏娃以公主抱的方式抱起剎那，等紅蓮坐在頭上後就張開羽翼。從來的路上回去。

她就這樣穿過自己撞破的牆壁，從芙蕾雅打穿的洞往下跳。

著地之前再次張開羽翼抵銷反作用力。

看到抱著剎那的夏娃，芙蕾雅與克蕾赫立刻衝了過來。

因為紅蓮在進入感動的環節之前就對芙蕾雅說：「剎那很臭，快用水魔術沖洗她的說。」，使得許多感觸毀於一旦。

在難以言喻的氣氛下，眾人依舊為剎那平安無事感到開心，後來在紅蓮的催促下，芙蕾雅幫剎那清洗了身體。

夏娃雖然露出苦笑，但總算達成了第一目標，也接受了這個結果。

她們按照預定救出了剎那。

如果相信凱亞爾葛所說的話，剎那應該已經得到了那個。

然後，終於要再次見到凱亞爾葛。

可以見到久違的戀人。

明明處於這種狀況，剎那依舊為此感到莫名開心。

第十八話 與回復術士重逢（後篇）

～凱亞爾葛觀點～

在被幽禁的房間暗自竊笑。

看來終於開始了。

四處充滿著魔力，響起怒吼。

發生了兩次巨大搖晃。這種規模的晃動，恐怕是熱氣球的兩次直擊。

看樣子，吉歐拉爾王國與魔族領域似乎利用我留下的設計圖，完成了熱氣球。

既然如此，現在精銳部隊應該正拿著對付黑色怪物的武器殺進敵陣，而以他們為誘餌的芙蕾雅等人也正朝著這邊趕來。

「……紅蓮也來了啊。」

神獸紅蓮與我的靈魂彼此相連。

距離這麼近，自然能察覺得到。

而且，紅蓮也感覺到我的存在。換句話說，她們可以順利地來接我。

我目不轉睛盯著雙手。

被上了手銬。

而且這不是普通手銬。

這玩意兒具有擴散魔力的效果，而且要是我試圖組織術式，就會產生雜訊擾亂思考。

也就是說，我處於無法練成魔力，也不能使用魔術的狀態。

「不過基本上，這種東西只要我有那個心，隨時都有辦法破解。」

……想必布列特也不認為用這種東西就能限制我的行動。

他只是做做樣子，裝作自己捉住了我。

假如他是來真的，會選擇類似囚禁剎那的那種牢房，素材全都是用來妨礙魔術的特別房間。

儘管我目前為止都很老實，但差不多該行動了。

像這樣被捉住，是為了爭取時間、蒐集情報，以及做好這次奇襲的事前準備。

時機已經成熟。

我將魔力集中在自己的內側，也就是靈魂深處。

這個工程從一小時前就開始進行。

手銬會分散魔力，但無法觸及靈魂深處。

我把灌注在靈魂深處的力量一口氣爆發。

因為手銬能分解的魔力量有限，只要我將蓄積在靈魂深處的魔力一口氣釋放，自然會來不及進行分解。

我在這個狀態下使用鍊金魔術。

嚴重的雜訊打亂我腦袋的思考，但沒有問題。

雜訊模式固定。我從前幾天開始就試過好幾次，已經習慣了。

雖說再怎麼習慣，猶如翻攪腦內的劇烈疼痛，換作一般人肯定會失去意識。

然而，我已經習慣疼痛。

只要習慣疼痛，礙事的就只剩模式單一的雜訊，只要以術式會因為雜訊而錯亂為前提去組織，就能使用魔術。

我完成鍊金魔術，解開手銬。

「好啦，該離開了。」

首先，是和芙蕾雅等人會合。

她們正朝著這邊過來，我也朝著紅蓮的位置前進吧。

我將手放在房門，用鍊金魔術開鎖。

當然，門邊有人看守。

是布列特中意的那群少年天使。

儘管是黑色怪物，身上卻散發光輝的異質存在，是敵方最高戰力，也是布列特的男妓。

「你居然擅自……」

對方想說什麼，但話被打斷。
理由很簡單。因為我狠狠抓住了他的臉。
「【改惡】。」
他被我釋放的魔術變形成醜陋的模樣。
將所有血管都隨便串連，改變連接方式，分割神經系統，將其定義為正常狀態。
我擅長的是即死魔術，但對手特殊，所以這次使用了別的方法。
因為黑色怪物無法殺死，所以我讓他動彈不得。
某種意義上，比死更像地獄。
另一名少年天使從身上長出長槍並發動突擊。
我以剛好在手上的肉塊擋下這一擊，並讓對方刺得更深將長槍固定在裡面。
少年天使滿臉鐵青，全身僵硬。
真是意外，我以為這群傢伙失去了人心，居然還有同伴意識。
他因為傷害同伴而動搖，感到悲傷。
那是明確的弱點。
我不可能會放過這個機會。
我將肉塊往前推順勢接近對手，再像第一隻那樣狠狠抓住他的頭。
「【改惡】。」

這次我操控了大腦。

徹底破壞掌控理性的部分，讓他淪為一般動物。

一旦身為人的部分遭到破壞會怎麼樣？

「居然是玩弄肉塊啊，不能算是好興趣呢。你就一輩子在那邊扭腰吧。」

不愧是布列特的男妓。很有他們的風格。

我側眼瞥了壞掉的少年天使，便離開這個地方。

這裡是怪物的巢穴。

只是驅除一兩隻沒任何意義。

必須快點和剎那等人會合才行。

◇

我不斷往下移動。

遇見了好幾次黑色怪物。

以前只能選擇逃走，但現在能夠一戰。

被囚禁在這裡的期間，我一直用【翡翠眼】觀察。

確認他們是什麼樣的生物，有著什麼樣的構造。

畢竟我透過能看穿一切的精靈之眼花上了這麼多時間。如今已幾乎理解他們的構造。
知道他們能做到什麼，做不到什麼。以及該如何殺死他們。
剛才之所以能不費吹灰之力打倒少年天使，也是因為事前準備的結果。
只不過，也漸漸感到有些棘手了。
……我需要武器。
我將力量灌注在靈魂發出吶喊。
「來吧！蓋歐爾基烏斯！」
呼喚我的【神裝武具】。
如同神獸與我的靈魂相連那般，【神裝武具】也是如此。
既然現在已經解開手銬，只要呼喚自然就會出現。
神甲蓋歐爾基烏斯在打穿牆壁的同時現身，裝備在我的手上。
這樣就能提高殺敵的效率。
好啦，快趕往我的女人們身邊吧。

◇

雙手沾滿血腥，我持續往前進。

右手的劍上刻印著神鳥授予的徽章。

左手是蓋歐爾基烏斯。

右手的劍是在搶來的劍上立刻以鍊金魔術施加強化。雖說性能差強人意，但依舊管用。我順便也借了衣服，調整成我喜好的風格。

劍與射擊版【改惡】可以壓制黑色怪物，但會劇烈消耗魔力。

用【掠奪(Heal)】恢復魔力的方式不能用在黑色怪物身上。

那些傢伙的魔力對人類而言與毒無異。

儘管我想溫存魔力，但他們並非是能手下留情的對手。

再加上隱匿系的技能對黑色怪物不管用，目前被迫打了好幾場戰鬥，而且敵人依然在陸續增加。

正當我煩惱該如何是好時，感覺到一股很熟悉的「氣」，我咧起嘴角。

從背後衝過來的黑色怪物遭到一刀兩斷。

眼前是秀麗的女劍士。

「是克蕾赫啊。」

「看來不需要救你呢。」

「沒有這回事。」

克蕾赫丟了恢復藥過來，我接住後立刻一飲而盡。

得救了。

功效滲透疲憊的身軀。

這是疲勞恢復促進藥以及魔力恢復促進藥。

是我的特製版本，效果非常有保證。

「凱亞爾葛大人，剎那好想你。」

剎那在雙手生成冰爪，同時與我錯身而過，貫穿了眼前的敵人，從內側將對手結冰。

她們已經按照計畫救出剎那了嗎？我一直很掛念她的安危。

出現的不只是克蕾赫與剎那。

吵鬧的氣息逐漸靠近。

「快誇獎紅蓮的說！能救到剎那，還有帶大家來這裡的都是紅蓮的功勞的說。」

狐耳美少女型態的紅蓮從我背後發出淨化火球。

「紅蓮，不可以獨占功勞喔。是因為大家都很努力才能來到這裡的！」

將神鳥徽章刻印在前端的鐵長槍生成土魔術，再以爆炸魔術射出……芙蕾雅將這樣的複合魔術同時擊出數十發，展現出超越人類的技巧。

黑色怪物的大群，被我的女人們擊敗。

但即使如此，由於芙蕾雅的槍雨以殲滅數量為主，部分強悍的個體依舊沒有倒下。

然而，那些傢伙也遭到光之長槍貫穿，消失而去。

是混合了超稀有的光魔術與魔王之力的招式，能使出這招的在這世界上只有一人。

「戀人都特地來了，你要更開心一點嘛。」

張開黑色羽翼的夏娃對我投以微笑。

克蕾赫、剎那、紅蓮、芙蕾雅，以及夏娃……我的女人們。

她們原本對我明明只不過是道具，不知不覺間已經成為無可取代的存在。

我看到她們時，內心深處湧起一股憐愛感。

「大家，謝謝妳們趕來。太好了，妳們看起來很有精神。」

我的臉上自然綻出笑容。

大家也對這樣的我回以微笑。

明明處在這種狀況，我卻想跟她們相愛。

「既然凱亞爾葛也沒事就放心了。」

「嗯，剎那一直很擔心你。」

「要展現誠意就別光說不練，給紅蓮肉的說！」

「那個，凱亞爾葛大人，您的屁股不要緊吧？」

「就算凱亞爾葛被玷汙，我也不會在意喔。」

……有幾個傢伙需要懲罰一下。

可是，不管是相愛還是懲罰，都等之後再說。

首先要擊潰那傢伙。
接下來才是重頭戲。
現在和只能逃走的那時不同。
在被囚禁的這段期間，我和剎那並非什麼都沒做。而是好好準備了勝算。
我已經摸索到布列特也沒注意到的重大弱點。
那傢伙就算在這種狀況下，想必也有必勝的把握。
我要粉碎他的餘裕，讓他趴在地上，接著再推落絕望深淵。
這幾個月來，我只是不斷想著該如何讓那傢伙痛苦。
實在很期待付諸實行的那一刻。

第十九話 回復術士識破手法

我與剎那等人會合了。

會合後，首要之舉是用【翡翠眼】調查剎那。

徹底調查剎那身上是否有被動了什麼手腳。

她一臉不安地開口。

「如何？剎那有奇怪的地方嗎？」

「嗯，沒問題。雖然身上纏繞了些許瘴氣，但也就這樣。真的沒有任何問題。」

我聽說剎那差點被變成怪物，是紅蓮出手救了她。

可是，我懷疑布列特至少會再動一個手腳。

我抓起變回小狐狸模式的紅蓮脖頸，帶到剎那面前。

紅蓮一臉嫌麻煩地打了呵欠，吐出了淨化之焰。

殘存的些許瘴氣也因此消失。

「紅蓮，是因為妳偷工減料才沒有燒完吧。」

「唔……才沒有偷工減料的說。因為當時沒有時間，很著急的說。」
以紅蓮的個性，想必是轟了一發大的之後，以為這樣就沒事了吧。
她八成也有注意到剩餘的殘渣，但認為這種程度沒有問題就放任不管了。
這種隨便的地方到底是像誰啊？
「那麼，凱亞爾葛，被囚禁的這段期間有收穫嗎？」
克蕾赫如此詢問。
「嗯，我掌握了許多事情。」
我待在這裡是為了等待暗殺的機會。
可是這並非唯一的目的。
我在布列特的身邊尋找他的弱點，也調查他為何接受了那麼多另一邊的力量，卻依然能維持理性。
老實說，相當異常。
所謂的魔王，是用來接受另一邊力量的容器。
而且，另一邊的力量會逐漸增加，最後會導致容器失去理智。
所有魔王都無法逃離那樣的命運。
在這個前提下，布列特不僅接納了比歷代魔王更為龐大的力量，卻依舊維持正常。
他依然能夠維持自我。

那傢伙本來就瘋了，所以才可以維持正常——這種事情根本不可能。

……絕對有某種機關。

而且只要掌握這點，就可以為將來總有一天會發瘋的夏娃指出一條路。

「雖然關於布列特本人是如何維持理智這點，我還沒辦法斷定，不過倒是摸清了那群天使的底細。其實有用來讓他們維持正常的手術。」

布列特身邊的那群天使。

那幫傢伙得到了比一般的黑色怪物更強大的力量，卻依舊維持著人格。

他們的祕密在於手術，那幫傢伙將那個稱為【聖別】。

只要受過【聖別】洗禮，就算變成黑色怪物也能持續保有意識。

然後，對那群少年天使來說，【聖別】代表的意義並不只是讓自己不淪落為怪物，而是一種與他人不同的自尊心來源。

「手術嗎？到底是什麼樣的手術？」

「我用【恢復】偷偷地查了天使們的記憶，看起來是將大腦的這部分切除。暗黑力量會寄宿在這裡，令人瘋狂，但只要切除這裡，黑色力量就不會堆積在大腦。」

那幫傢伙以為我無法使用魔術，所以輕易就查出了情報。

那種對付魔術士用的手銬，隨便都有漏洞可鑽。

於是，我查明了【聖別】的真面目。

切除部分大腦的手術。位置在額葉。

從前我【恢復】外科醫生時，知道一旦切除那裡就能讓人格變得穩重。

黑色力量恐怕是聚集在掌控人類憤怒與憂鬱情感的部位，因此個性才會產生變化。

所以只要切除那個部位，自然能夠保持清醒。

……那群天使們聲稱【聖別】是布列特藉由神之啟示獲得的能力。

然而，不可能會存在那麼方便的神。

吉歐拉爾王將布列特變為怪物時，他依然保持清醒。

雖然是我的猜測，但是他在遭到暗黑力量侵蝕之前，可能因為某種契機察覺到那股力量的原理，用自己的子彈打穿了腦袋。

所以之後遭到暗黑力量侵蝕，那傢伙也沒有失去自我。

真是荒唐。

明明沒有可靠的依據，卻因為靈機一動而賭上一把，這種做法本身就有問題，況且雖然是一部分，但他居然用子彈貫穿自己的腦袋，根本不是正常人的行為。

但是，我知道布列特就是可以平心靜氣地做出那種舉動。

「呃，意思是，必須把我的頭打開，再切開大腦才行嗎？」

夏娃露出難以言喻的傻眼表情，用手遮住額頭。

我對夏娃說過，要是找到維持神智的方法就會嘗試看看，所以她感到很害怕。

「不，我不會這麼做。我有那群少年天使的記憶，要重現姑且也是不成問題，但畢竟是要切除大腦的一部分。不知道會有什麼樣的後遺症……況且，如果只要設法別讓暗黑力量聚集在那，就沒必要拘泥在切除上面。只要定期灌注紅蓮的力量就行。」

「呼，太好了。害我怕得要死。」

夏娃感到很害怕。

我也不希望對夏娃做那種事。

「如果這種手術是真的，我有個打倒布列特叔……打倒布列特的好方法。布列特之所以能夠維持清醒，是因為他沒有切除掉的那部分，所以只要【恢復】那個部位，他就得承受那麼強大的暗黑力量，這樣一來，轉眼間布列特就會不再是他了吧？」

「我就是這麼打算。將擁有知性與技巧的怪物打回單純的怪物。」

潛藏在那傢伙體內的暗黑力量，量實在過於龐大。

因此用【改惡】也無法一次讓他動彈不得，會遭到暗黑力量干涉，無法好好運作。

……不過，若是只針對那一點。

而且不是用【改惡】，是用純粹的【恢復】，這樣一來就可釋放出足以突破干涉的力量。

現在的布列特過於強大。他不僅實力驚人，在所有勇者當中也是最有知識、經驗以及技巧的傢伙。沒有死角。

但是，只要把他打回單純的怪物就會有勝算。

「好像能贏呢。那麼，就快點吧……當誘餌的那群人，應該沒辦法支撐太久。」

「也對，戰鬥還在繼續。」

雖說是精銳，但這裡是黑色怪物的巢穴。

而且還得面對少年天使。

但他們還沒全滅。以這場戰鬥的規模來看，大部分都還有戰力反而異常。

「是紅蓮的功勞說！昨天，紅蓮在所有人的武器上灌注了【淨化】之力的說！」

小狐狸擺出得意表情。

「嫌麻煩的紅蓮居然會做出這種事，真令人難以置信。」

「……他們都跪下來邊哭邊求紅蓮了，沒辦法拒絕的說。而且，回去後就有肉肉天國等著紅蓮的說！」

顯然後半才是主因，不過前者也並非毫無關聯。

紅蓮或許也稍微對人類產生了興趣。

以前她除了我們以外漠不關心，但現在不同。這是不錯的傾向。

「先聊到這吧。我們必須盡快打倒布列特。」

既然我方精銳那麼驍勇善戰，保護布列特的戰力自然會減弱。

況且，或許還能在我方軍隊全滅之前【恢復】布列特，將他變成單純的怪物。

這樣一來敵方失去控制，成為一群烏合之眾，可以拯救更多的性命。

◇

我們五人聚在一塊，衝過成群的黑色怪物。
只要我與我的女人們聯手，就沒人能構成威脅。
況且現在也有應付怪物的萬全對策。絲毫不覺得會輸。
我們不斷往前推進。
已經掌握布列特的所在處了。
據紅蓮所說，那裡臭氣沖天。
紅蓮說該處散發出非常驚人的瘴氣量，那傢伙絕對待在那裡沒錯，就連藏起來都不可能。
也就是說，沒有笨蛋會在晴空萬里的日子看丟太陽。
儘管很令人開心，但也證明他的實力非比尋常。
「紅蓮，接下來只靠我們就夠了。拜託妳去支援另一邊……照事前的計畫進行。」
「紅蓮也希望和主人待在一起的說……可是，沒辦法的說。要是紅蓮不在，主人就是個廢物，你不能死掉的說。」
儘管當作誘餌的精銳部隊正在拚命戰鬥，但戰況似乎很嚴苛。
再這樣下去會全滅。

所以我要把紅蓮送過去。

這不只是為了他們。

要是現在不戰勝布列特，一切就會前功盡棄，但我卻放棄擁有淨化之焰的強大戰力，其實有著充分理由。

與其用紅蓮的力量正面對決，還有更妥善的運用方法。

小狐狸型態的紅蓮跑著離去，途中回頭嗷了一聲便消失無蹤。

目送紅蓮離開的我們繼續往前進。

「就快抵達布列特所在的王座了。全員都要注意布列特的攻擊。那傢伙的子彈沒有死角。」

我忠告剎那等人。

布列特的武器【神裝武具】是神砲塔斯拉姆。

擁有壓倒性的射程，會以驚人速度射出魔力彈。

重視連射時會降低威力，但反過來說也能透過蓄力提高威力，千變萬化。

而且還有爆炸彈與追蹤彈，可以選擇應對各種狀況的手牌。

在所有勇者當中被視為最強的存在。

這樣的他獲得了魔王的力量，成為異次元的怪物。

雖說我們的等級輕鬆凌駕歷代勇者，但他依舊是非常難對付的對手。

「明白……我會隨時準備好防禦結界。因為以我的實力別說躲開，連看也看不到。」

「如果比光還慢，我就能做出反應。」

「冰狼族的眼睛很好。剎那不要緊。」

「我有擋下幾發的自信。」

真是可靠。

……未知的是他的魔彈進化到何種程度。但只要沒死，我就能用【恢復】療傷。

我們的作戰很簡單。

除了我以外的四人製造機會，我再用【恢復】復原那傢伙的大腦，讓他變成單純的怪物。

只要有一次機會就好。

王座之間的大門，由兩名少年天使看守。

在他們開口之前，頭已經遭到夏娃發出的光槍貫穿，門由克蕾赫一刀兩斷，我再將其踹開，進入室內。

好啦，開始最終決戰吧。

我被布列特徹底玩弄太久了。

不管是在之前的世界，還是這邊的世界。

也差不多該把日積月累的怨恨清算一下了。

第二十話 軍師的憂鬱

在值勤室一人獨處的艾蓮，心思都放在凱亞爾葛等人身上。

「……希望我的預測出錯。不過，大概沒辦法吧。」

艾蓮整理思緒時，有著刻意將所想的事情說出口的習慣。

這樣的艾蓮明明注意到一件事，卻故意不說出口。

那就是這次戰鬥不自然的地方。

「原本這場戰爭就是壓倒性地不利。在這樣絕望的環境中，總是會提示唯一還有希望的手段，而我持續選擇那個手段。」

不斷地鋌而走險，才總算來到這個局面。

可是，這種狀況很不對勁。

基本上，這次戰鬥對布列特那方是超級有利。

如果艾蓮站在布列特的立場，會選擇花時間卻能確實擊潰對手的方法。這樣一來對手會失去任何希望，只能任憑自己慢慢宰割。

但是，布列特卻採取攻擊。

並非是這個手段不好。如果面對的不是艾蓮，或是卡士塔王子的話，早就在一籌莫展的狀況下結束戰局。換句話說，如果對手的水準不夠，便可以早期拿下勝利，這種手段比起安全牌更有效率。

但是，以艾蓮的水準來說，自然會注意到每次都會存在著唯一的反擊方法。

就是因為她持續選擇那唯一的活路，才得以在這樣的戰力差距當中找出勝利機會。

然而，艾蓮不認為那是奇蹟，或是她的智力凌駕於布列特之上才產生的結果。

除了那唯一的活路以外，不管怎麼做都是當場死亡，這樣的狀況實在持續太久了。

假如真的發生了奇蹟，或者狀況超出了布列特的預期，擺在眼前的選項絕不可能只有一個。

也就是說，艾蓮是被迫選擇那唯一的活路。

「我雖然隱約察覺到了，但布列特的目的根本不是打贏這場仗。更不是征服世界。那只是掩人耳目的手段，打從一開始，他就是為了營造這樣的局面。」

即使明白這點，艾蓮依然選擇什麼都不說，讓芙蕾雅等人去救出凱亞爾葛。

畢竟不這麼做也無計可施，就算告訴他們這樣只是照著布列特的計畫行動，也只會造成反效果。

「沒想到不只是我，連布列特也察覺到凱亞爾葛哥哥其實【重啟人生】。那個人真的很難對付。」

艾蓮之前向凱亞爾葛提議，要使用夏娃的心臟【賢者之石】，擴大解釋、強化【恢復】的力量，重新來過。

這個想法並非毫無根據。

凱亞爾葛這個人實在太難以理解。艾蓮整理出無法理解的部分，進行分析、檢視，才注意到他重啟人生。

「……將人生重頭來過。實在是充滿魅力，甜美的夢。」

任何人都肯定這樣希望。

那個布列特也這樣想的可能性很高。實際上，他的過去（心靈創傷）確實會讓他有這樣的念頭。

他的目的，打從一開始就是創造出凱亞爾葛、夏娃，以及他所重視的女人們齊聚一堂的狀況。

然後，逼得凱亞爾葛不得不以【恢復】倒退時間，讓他重新來過。

當凱亞爾葛親眼目睹心愛的女人全都遭到殺害，而夏娃的心臟就在眼前，自然會依靠【恢復】。那正是他的願望。

恐怕，她們在那邊已經順利地救出剎那與凱亞爾葛。而且還趁著這股氣勢衝向布列特的所在處。

……渾然不知一切都是照著布列特的計畫進行。

想得這麼深入，但也沒有確切的證據。

但是，艾蓮預測會演變成那種狀況。

「沒辦法就近看到凱亞爾葛哥哥被逼到絕境時會做出什麼樣的選擇，真令人遺憾……希望他們能平安回來。否則，我就無法揭曉謎底。也沒辦法告訴他我已經恢復記憶。」

艾蓮也察覺到自己被凱亞爾葛改造。

同時也知道自己的真實身分，是吉歐拉爾王國的諾倫公主。

她的記憶並沒有恢復。

是分析狀況並透過自己的能力所釐出的結論。

就算外型改變，像艾蓮這種人才一旦起了疑心，又待在吉歐拉爾王國這個留有諾倫痕跡的地方，自然會察覺真相。

而且，艾蓮還派出諜報部徹底調查諾倫，將她的殘渣集中在自己內側，重新構成諾倫的人格使其固定。

她在記憶被封住的狀況下，得到了諾倫這個人格。

艾蓮的表情從平常惹人憐愛的笑容，轉變為莫名帶有邪氣的表情。

「讓我做到這個地步，可不許你白白送死。你可是贏過我的男人，要是輸了我可不會輕易放過你！」

艾蓮重新構成諾倫的人格，並非是為了對凱亞爾葛復仇。

之所以重新構成，是因為艾蓮判斷只有知識與能力的自己，不可能應對這個局面，需要的是名為諾倫的人物所具有的殘虐本質，以及識破敵方弱點的直覺。

艾蓮取回諾倫的人格，但並不怨恨凱亞爾葛。

因為比起還是諾倫的時候，她更喜歡現在的自己。

……而且，正因為她取回諾倫的人格，才有方法應對戰局。

對方逼迫她持續選擇那條唯一的活路。

她雖然在途中發現，也檢討過是否該改變策略，但還是不行。

可是，即使如此，依舊有可以動手腳的地方。

那就是在最後的最後的最後，布列特確信自己勝利的瞬間。

因為他直到最後的最後的最後都認為按照計畫進行，所以才會產生些許能趁虛而入的破綻。

要用的，是比布列特所準備的唯一活路更加高竿的計策。那個手段絕對稱不上可靠。不僅沒有把握，還得仰賴凱亞爾葛與芙蕾雅等人拚死創造機會才能用上，這種賭注實在太過不利。

……但就是這樣才會管用。

這正是讓凱亞爾葛比勇者更加畏懼的諾倫公主的力量。

諾倫擁有究極的合理性與冷徹，但是在緊要關頭，也能把勝負交給自己的直覺。

而且，諾倫從未賭輸。

「呼，這邊也開始了嗎？」

吉歐拉爾城燃起火勢。

戰力幾乎傾巢而出的空城，站在對方的角度來看，正是攻擊的大好機會。

如果布列特打算讓凱亞爾葛選擇重啟人生，勢必會摧毀他重要的地方。

更何況自己就在這裡。

艾蓮＝諾倫笑了。

沒有戰力，也無法期望有人增援，完全被包圍了。

可是，那又怎麼樣？

這種狀況在預料之中。因此已經做好了對策。

那麼，就打破這個局面吧。

「我不能死呢，至少要再見到凱亞爾葛哥哥一面。就盡力試試看吧。」

就這樣，她祈禱凱亞爾葛平安無事的同時，在身邊沒有像樣棋子的狀況下，準備面對以吉歐拉爾城為舞臺的遊戲。

就在這時，凱亞爾葛等人與布列特也開始了最終決戰。

第二十一話 回復術士露出無畏笑容

我們踏入布列特所在的王座之間。

完全被小看了。

這個地方肯定會先被盯上，既然他待在這裡，表示他甚至不把這個狀況視為危機。

我們的分隊，吉歐拉爾王國與魔族領域的精銳們發揮出意想不到的作用，將大多數的戰力吸引到他們那邊。

拜此所賜，我們一路上才有辦法保留魔力與體力。

「要上嘍。第六位階炎熱魔術【紅光】。」

這個魔術會釋放出超高密度的火焰。

由於熱量過高，化為電漿的光帶從芙蕾雅手中釋放出去。

我是為了殺那傢伙而來。如今沒有交談的必要。

這是用來打招呼。

聽說剛才救出剎那時，芙蕾雅已用過這個魔術。

當時是從地下貫穿城堡，劃破雲層。而現在威力如此驚人的一擊朝向單一個人擊發。

守護布列特的那群傢伙已遭到燒燬，開出了一條道路。布列特本人就算發砲也頂多是互相抵銷。

何況芙蕾雅已經將神鳥徽章組織到術式以及【神裝武具】，即使是黑色怪物也沒辦法立刻再生。

話雖如此，不愧是布列特的親衛隊。

他們的再生並沒有完全無效，已經開始緩緩發動。

可是，就算這樣也無所謂。

現在眼前已經開出一條路。

這樣就足夠了。

「大家，把力量借給我。為了我與我心愛之人的未來，【黑翼召喚】。」

夏娃張開羽翼。

每根羽毛都散發光芒。

那是靈魂的光輝。

那些化為光之粒子，慢慢透出並實體化。

變成擁有黑色羽翼的英靈。

抱著遺憾死去的黑翼族人，將他們的思念以及靈魂寄託在夏娃的羽翼，與她共同奮戰。

除了生前的力量，還加上了魔王夏娃的力量，如今的他們足以匹敵上級魔族。

怪物聚集起來，打算塞住芙蕾雅開出的道路，但黑翼族與他們正面衝突，不讓敵人擋住前往布列特的那條路。

我們在那條路上奔跑。

「真是性急啊，凱亞爾～～～～！」

布列特大笑，把【砲】架起，扣下扳機。

克蕾赫加速衝到我面前。

「布列特叔叔，你看起來變了不少呢。」

克蕾赫手上的劍纏繞魔力與氣發出光芒。

克蕾赫以那把劍砍斷魔力彈。

以光速的斬擊配合反射神經，砍斷光速的子彈。

不只是砍斷，而是一邊砍一邊前進。

這是融合了【劍聖】的技能【看破】以及她的技術才有辦法做到的絕技。

這招連我也模仿不來。

布列特的砲擊停止。

不，並不是停止。而是在蓄力。

儘管可以趁這個機會拉近相當的距離，但他也會累積足夠的力量。

「你們能擋下這招嗎？」

注入龐大魔力與瘴氣所擊發的攻擊是散彈。
即使是劍聖，物理上也不可能砍落所有散彈。
「還有剎那在。」
冰塊包住克蕾赫的身體。
剎那以全力生成冰塊。
子彈擊中目標。
擊碎剎那的冰層貫穿過去，重創克蕾赫。
但是，沒有造成致命傷。
不僅剎那的冰減弱了威力，克蕾赫接下攻擊時也避開要害，將所有魔力用來防禦。
可是，克蕾赫被攻擊震飛，打算撐住她的剎那也遭到波及。
我以側眼看了她們一眼，繼續往前進。
她們會這樣拚命，都是為了把我送到那傢伙眼前，現在對她們伸出援手就太失禮了。
我面對布列特。
以蓋歐爾基烏斯發射的【恢復】，對於全身包覆著高密度瘴氣及魔力的那傢伙無法構成威脅。
要是不直接觸碰他發動【恢復】，就不能確實擊倒他。
再四步。多虧了芙蕾雅她們我才能來到這裡。

接下來得靠我自己的雙腳前進才行。

布列特的砲裝填了魔力彈。

或許是因為極度集中，時間的流逝感覺莫名緩慢。

他扣下了扳機。

我不可能做出像克蕾赫那樣砍落光速子彈的神技。

儘管可以防禦，但現在連防禦的時間都很寶貴。

所以……

「哈，你以為死不了就沒關係嗎？凱亞爾～～～～～～！」

我硬是接下這擊，繼續往前衝！

我是布列特中意的對象，他原本就不可能殺死我。

他會下意識地避開我的要害。我猜出對手的意圖，刻意不採取迴避動作，以布列特所瞄準的要害之外的地方接下。

布列特擊發的子彈打中左肩，將我的手臂整個轟飛。

幸好他的攻擊有些許貫通力，沒有產生停止作用。正因為我如此，我還能繼續往前。

傷口血流如注。就算這樣，我也還能再動幾秒。

往前，繼續往前。

還差一步。

追擊的子彈挖開我的側腹。但我才不管那麼多。踏出最後一步。

我把手伸出。

儘管流著血，依然貫徹意志力，狠狠抓住布列特的禿頭。

使出的是我的原點，也是頂點的魔術。

「【恢復】！」

那傢伙吸收了連歷代魔王都會失去神智的暗黑力量，但依舊能維持人性。我要擊潰那個方法。

他的額葉部分缺損。我要【恢復】那傢伙自己打穿的腦袋。

在那一瞬間，那傢伙的經驗全都流入我體內。

這是一直以來，我以【癒】之勇者的身分發動【恢復】的證據。

一般的【恢復】不過是強化自我治癒能力。因此，只能治好放著不管也能痊癒的傷勢。

比方說，若是對方遭到癌細胞入侵的話只會增加癌細胞，造成反效果；要是體內沒有抗體，無法治好病毒性的症狀。

就算單純要治好骨骼，治療複雜性骨折時反而會讓骨頭接到奇怪的地方。失去的手臂與眼睛也無法失而復得。

原本的【恢復】雖然方便，卻是充滿缺點的能力。

當然，這次要還原缺損的部分大腦也是不可能的。

然而，【癒】之勇者的【恢復】不同。

是時間回溯，或者該說是重新創造生命。

不是治癒，將性質變化為術者期望的狀態才是這股力量的本質。

為此要按照順序進行，首先是讀取對方的所有經驗，從中創造出正確的設計圖，再遵循正確設計圖重新構成。

正因為這樣，才稱得上是萬能的【恢復】。

而這個能力的副作用，就是對方的所有經驗，會在以對方的情報為基礎製作設計圖的步驟時流入大腦。

「嘎啊啊啊啊啊啊啊啊啊！」

這是、什麼？不可、能。

從喉嚨發出吶喊。

布列特的經驗在折磨我。

【痛覺抗性】與【恐懼抗性】絲毫不起作用。

為什麼？為什麼？為什麼他有過這樣的經驗，還能表現得像個人類？

為什麼沒有壞掉？

經歷這樣的地獄，為何還能維持人性？

我雙膝跪地。

設法調整呼吸後，我對自己施展【恢復】。

復原失去的左手、側腹的肉以及內臟。

布列特呢？

「謝謝你，凱亞爾。感謝你治好我。啊，腦袋好久沒這麼舒暢了。」

他在笑。

看起來完全不像要變成黑色怪物。

「你在驚訝什麼？喔喔，這樣啊，你以為治好這裡，我就會變成怪物嗎？」

布列特用手指戳了戳我治好的部位。

為什麼？

不，沒有問的必要。

在【恢復】的時候，已經連同他的記憶一起得到答案。

「真虧你能注意到。我可愛的凱亞爾。正確答案。我在被變成怪物之前射穿了這裡，所以才沒有淪落為怪物。我中意的男孩們則是因為【聖別】才沒變成怪物……不過啊，我怎麼可能會留下這麼明目張膽的弱點呢。」

……沒錯，布列特意識到那是弱點，所以為了不讓自己被暗黑力量吞噬，採用了其他方法。

而且，他故意不對自己的私兵，也就是觀賞用動物的那群少年天使用這種方法。這是為了讓我完全上當，深信除此之外沒有保持清醒的方法。

「還有，凱亞爾。好戲從現在才要開始。」

布列特笑了，暗黑力量爆炸性地膨脹，逐漸擴散。

與芙蕾雅等人在交手的黑色怪物，身體也跟著膨脹。天使們的屍骸維持四分五裂的狀態，每個碎片逐一轉生為怪物。

變得更噁心，更加強大。

芙蕾雅等人開始明顯被壓制住。

「呀！這下子非常不妙呢。」

「……看來他不會讓我們輕鬆贏下來啊。芙蕾雅，站到我後面。」

「凱亞爾葛，我們這邊會設法應付，你集中精神對付他。」

「嗯。不會給凱亞爾葛大人添麻煩。」

不管再怎麼樂觀看待，幾分鐘後就會全滅。

「來，凱亞爾。我們也開始吧。」

「嗯，是啊。」

讓布列特墮落為失去理智的怪物，這個作戰宣告失敗。

眼前的男人對此根本不痛不癢，而且是比我還強的不死之身。我們這邊沒有能殺死那傢伙的卡牌。

神鳥徽章對身為本體的那傢伙恐怕也不會管用。

神鳥咖喇杜力烏斯說過。徽章充其量是用來將門關上，對上能自己打開門的傢伙就沒有意義。

也不可能逃走。

那傢伙把我們引誘到這裡。所以，事情才會進行得如此順利。而且，他根本不打算讓我們逃走。

……真是傷腦筋啊。

想不到事情會完全照著艾蓮的預測發展。

拜此所賜，我必須賭一把了。

「來，讓我們相愛吧，凱亞爾～～～～～～～～～～～～～！」

「我可不要。一個人去自慰吧，混帳東西。」

我擺出無畏的笑容。

還沒有結束。我還沒輸。

勝負，現在才要開始。

第二十二話 回復術士做出賭注

治癒腦袋，那傢伙就會破滅。
這個推論被輕易地粉碎。
眼前的布列特比我還強。
一對一根本沒有勝算。
而且，就算求助剎那等人，經過強化後的黑色怪物連神鳥徽章也不怕，我的女人們也遭到他們壓制。
布列特笑了，我勉強閃過他打出的【砲擊】。
我以【改良】減少狀態值的防禦，把點數分配在速度上，而且也另外分配在看破系、用來提升反射神經的技能才能反應過來。
……布列特存在著唯一的破綻。
就是不打算殺死我。
剛才的砲擊，不，他的攻擊打從一開始就沒有殺意。他刻意避開要害，以讓我失去戰鬥能力為目標。

我只要不受到致命傷就有辦法立刻恢復，但魔力有限。

隨時都有可能到達極限，動彈不得。布列特就是瞄準這一點。

為了什麼？

為了將我活捉。

「布列特，你的攻擊倒是挺放水的啊。」

「哈哈哈，是啊，我怎麼可能殺死可愛的凱亞爾呢？所以，你打算怎麼辦？」

我這邊沒有能殺死布列特的卡牌。

正確來說，還留著一張視狀況而定就能殺死他的卡牌，但在這種狀況下沒辦法施展。

唯一勉強可行的，就是灌注所有魔力對他擊出【改惡】，或者是以魔力強化神鳥徽章烙印在他身上。

不論哪種方法都能對他造成傷害，但不可能殺死他。

我閃開【砲擊】，在著地的瞬間，周圍朝我伸出好幾隻黑色觸手。

我以劍砍斷觸手，布列特趁我動作停住的瞬間發砲攻擊我。

我沒能完全閃開，手臂的肉被轟掉了一些，但立刻發動蓋歐爾基烏斯的【自動恢復】。

魔力再度減少。

因為瘴氣纏繞在傷口上面，癒合需要消耗平常好幾倍的魔力，實在很虧。

布列特又笑了，繼續在【砲】上蓄力。

他將砲口對準夏娃。

夏娃正在與強化後的怪物戰鬥，沒注意這個舉動。

「嘖！」

我幾乎是下意識地衝進射線，用【改良】轉換成以防禦力為主的狀態值，並變更技能。

進一步使用魔力生成防壁。

將光之奔流塑造成流線型的整流罩，用魔力防壁擋開攻擊。

不是從正面承受攻擊，而是利用形狀擋開。

即使如此，彼此出力的差距也只能令我勉強擋下。

「對不起，凱亞爾葛！」

「不用道歉，重要的是打倒那邊的怪物。」

夏娃咬緊牙根，集中精神對付黑色怪物。

布列特這次盯上了芙蕾雅。

然後又重演剛才的狀況，他再次逼得我發動防壁。

我將狀態值點到防禦，而且沒時間變回重視速度的狀態，不斷被迫使用魔力。

魔力轉眼間快速減少。狀況持續在惡化。

沒辦法打出逆轉局勢的一擊。

「呀！」

「可惡！」

剎那的手遭到黑色怪物打傷，為了救她，克蕾赫也受傷了。

夏娃以【黑翼召喚】叫出的眷屬們正在慢慢減少，芙蕾雅也因為過度使用魔術而疲憊不堪。

陣形開始瓦解。

敵人數量沒有減少。

反而是我們這邊受傷，資源開始慢慢枯竭。

「真不像凱亞爾啊。居然連一個對策也沒有，真令人失望。難道你打算依靠唯一的希望賭一把嗎？」

「抱歉啊。但是，相信自己會贏是不是太早了啊？」

「也對。是『有點』早。」

布列特彈了響指。

地板震動，變成黑色淤泥長出無數觸手。

連整個地板都是黑色怪物！

「哇！」

「不行。」

「凱亞爾葛大人！」

「翅膀被纏住了……」

我在千鈞一髮之際閃開，將寄宿神鳥徽章的結界擊向大地，確保立足點。

然而，因為疲勞而失去集中力的剎那等人卻遭到黑色觸手囚禁。

而且剛才與她們戰鬥的黑色怪物們簡直就像是遭到黑色大樹吞噬那般，化為黏糊糊的形狀聚集在觸手上面。

剎那她們雖然有試圖抵抗，但沒過幾秒便失去意識。

看來是被瘴氣影響了。

「凱亞爾，你重要的那些女人落在我的手裡。只要我彈個響指就能殺了她們。你有膽就隨便亂動。我會毫不猶豫這麼做。不過你可以試試看，如果是凱亞爾，或許能救到一個人吧。」

要是他給出信號，四人會同時被殺。

如布列特所說，如果只救一人，成功率確實比較高。

可是，其他三人肯定會死。

剎那、芙蕾雅、克蕾赫以及夏娃。每個都是我心愛的女人，她們將會在此喪命。

「你在猶豫嗎？還是在痛苦呢？都寫在臉上嘍。真可憐啊，凱亞爾。」

「……你沒有立刻動手，是想要交涉對吧？你到底想讓我做什麼？」

「凱亞爾果然很聰明呢。沒錯，就是交涉。」

布列特揮了揮手臂，將失去意識的夏娃捉住的大樹便將人送到布列特身邊。

「因為我最喜歡凱亞爾，所以調查過你的事情。非常周到，鉅細靡遺。我發現凱亞爾的行動實在太不自然。自從你與芙列雅公主相遇那時就一直如此。身為平凡村民的你，知道太多不應該知道的事情。學到太多平凡村民根本無法掌握的技巧。你表現出來的許多行為，也彷彿像是看見了未來一樣。」

布列特以充滿慾望的眼神貫穿我。

「我反覆思考，調查理由到底是什麼，後來終於找到了答案。凱亞爾，你是用【恢復】重啟人生。而在我倆第一次相遇，看到你對我投以的眼神，我才確信這個推論。凱亞爾是我中意的類型，我有想過要和你相愛，但還沒有動手。可是，你對我投以的憎恨，卻比我至今遇過、相愛過的任何一個人都要強烈。我這時才注意到，我所不知道的我曾經疼愛過你……假如你是一無所知的村民，想必會被芙列雅公主改造成人偶，當作用之不竭的聖靈藥，與我、【劍】之勇者以及芙列雅公主一起踏上打倒魔王的旅程。從我們的個性來想，要了解你受到什麼樣的疼愛，可說是易如反掌。」

那無疑是第一輪的我所走過的路。

布列特繼續說道：

「……你在那段旅程途中，因為某個契機找回了自我。然後，虎視眈眈地尋找復仇機會，在打倒魔王的時間點奪走【賢者之石】，強化自己的能力，對整個世界施展【恢復】重啟人生。然後再一路對奪走自己人生，踐踏著你，玩弄著你的我們復仇。我說的沒錯吧，凱亞爾？」

太完美了。

他居然會釐出這個答案。

我以為注意到的頂多只有艾蓮，想不到這裡也有一個。

而且，既然得知布列特發現我重啟人生，那麼我也猜得到他的目的了。

「你要我再重啟一次是吧？」

「對，凱亞爾。很簡單吧？這裡有魔王的心臟。我現在就挖出來。不，魔王與凱亞爾是戀人關係對吧。交給你來挖吧。然後，你要重啟人生。要回到何時由我決定。時間是距今三年前。不壞吧？反正接下來等著你的，只剩下壞結局。要是拒絕這件事，我就會疼愛凱亞爾，在你面前動用各種方式凌辱你的女人。你就好好看著自己的女人們逐漸壞掉的樣子吧，直到凱亞爾哭著大喊住手，自己主動懇求要使用【賢者之石】之前，我是不會住手的。」

嗯，是這樣沒錯。

在我有那個意思之前，布列特肯定會不斷採取各式各樣的手段。

直到我對世界的一切絕望，渴望重啟人生為止。

「假如我回溯時間，連記憶也會跟著回溯。你只是會犯下相同的錯誤而已。」

「不會的。只要考察一下為何凱亞爾在回溯世界之後依舊還留有記憶，自然能掌握這個手法的祕密。只要我也那樣做就行了。」

……真是的，這傢伙到底有多麼超乎常人啊。

完全無路可逃。

好啦，現在開始是關鍵時刻。

要使用最後的最後一招，還需要一些時間。

準備還沒有結束。

這招是偶然想到。

是因為那傢伙一時心血來潮，我才有辦法用這招扭轉乾坤。不，說不定艾蓮甚至是預測到了這點才會那樣說的。

為了不讓我的企圖被發現，要小心謹慎地爭取時間。

「吶，布列特，你不會覺得很奇怪嗎？為什麼在來這裡之前，我沒有挖出夏娃的心臟重啟人生？」

「這點我也不明白。若我是凱亞爾，不會挑戰戰況惡化到這種地步的遊戲，早早就回溯時間。我想想，應該會回溯到打倒魔王之前，為了不讓我搶走【賢者之石】準備好萬全的對策。不過那樣對我也無所謂。為了以防那種狀況發生，我老早就做好了就算時間回溯，我依然能維持自我的手段。」

我也曾經想過艾蓮也推薦過的手段。

殺死夏娃，用她的心臟回溯時間。

雖說必須殺死夏娃，但時間一回溯，夏娃也會復活。

既然知道打倒魔王之後，布列特肯定會來奪取【賢者之石】，對策要多少有多少。

如果只是要贏過布列特，這才是最佳手段。

「布列特，你肯定不會明白……就算回溯時間，也是有東西沒辦法回來。我把你的缺點告訴你吧。你並不愛著人類。只是在玩玩偶遊戲罷了。」

「還麻煩你指導我這是什麼意思。」

「我愛著人類。喜歡一直與我生活到今天的她們。一旦失去了共同度過的時間，她們不過是有著相同樣貌的別人。那已經不是我喜歡上的她們。只要愛著人類，就不會想要重啟人生取回一切。所以布列特，你只是在玩玩偶遊戲罷了。」

布列特臉上依舊掛著虛假的笑容。

但與他認識許久的我可以明白。他今天是第一次露出憤怒神色。

「感謝你的高見。凱亞爾，意思是你想要拒絕我的提案，看到女人在這裡遭到凌辱嗎？」

「怎麼會。如果要讓她們體驗到地獄般的痛苦，不如由我在這裡了結一切。因為那是無能為力的我也能辦到的。」

我走到布列特前面。

將手伸向閉上眼睛的夏娃胸口。

……暗號來了，在千鈞一髮之際準備好了嗎？

唯獨在最糟糕的事態，在敗北前一刻才能使用的最後一招。

以計策來說實在很不可靠。

但即使如此，我依然沒來由地覺得會成功。

啊，我懂了。

因為我相信著她們。

第二十三話 回復術士展現極致

我們被逼到絕境。

芙蕾雅、克蕾赫、剎那以及夏娃遭到黑色怪物所變形的樹木捉住。

我自己也被魔砲塔斯拉姆抵著。

布列特只要送出信號，黑色樹木就會蠢動，殺死我的女人們。

樹木伸出其中一根，將夏娃送到我的面前。

布列特逼我挖出夏娃的心臟，得到【賢者之石】。

他沒有一絲破綻。這場勝負，是我被逼到絕境。

……話雖如此，要是我放棄一切，就能重新來過。

只要挖出夏娃的心臟，用【賢者之石】增幅力量，再將整個世界【恢復】就好。

這樣一來時間便會回溯，我可以重啟人生。

回到令人懷念的村莊，在沒有失去任何東西的情況下重新開始。

只要從頭開始累積實力，為了這次一定要獲得幸福而努力就好。這次也要注意別失去安娜小姐。

可是，我決定不這麼做。

因為，我喜歡與我度過共同時間的她們。

為了貫徹我的任性行為，我做了賭注。

暗號來了。

不是用嘴說，也並非是用心電感應，而是透過靈魂的連接聯絡。

「主人，再二十秒左右的說。」

那是神獸，我的眷屬紅蓮的聲音。

沒錯，我刻意不把紅蓮用在這場最終決戰。

紅蓮在最終決戰前一刻與我們分別後和精銳部隊會合，與他們共同戰鬥。布列特應該也從天使那邊聽說過這件事。

紅蓮身為貴重戰力，又擁有能對抗暗黑力量的淨化之力，讓她個別行動會對戰力造成打擊，但我是基於某個目的才這麼做。

「凱亞爾，你沒辦法挖出心愛女人的心臟嗎？那就由我代勞吧。」

「不，不需要。別用你的髒手碰夏娃。」

「喔，可以啊。不過，我沒那麼能忍。要是你再繼續拖拖拉拉，我會忍不住出手。」

布列特以充滿喜悅的表情看著我們。

我朝著夏娃的胸口伸出手。

然後，從紅蓮給了暗號後過了二十秒……機關終於發動。

「嘎啊啊啊啊啊啊啊啊啊啊啊啊啊啊啊啊啊啊啊！」

布列特大叫。

接著遲了一拍，困住我的女人們的黑色樹木遭到黃金火焰燃燒，內側噴發。

至今一直無隙可趁的布列特露出了破綻。我眼前畫出一道魔法陣，小狐狸從裡面衝出，變化為狐耳美少女。她的手上纏繞著發出紅金光輝的淨化之焰。

「吃下紅蓮累積再累積的超必殺技，【絢爛狐焰】。」

紅蓮朝著布列特，吐出灌注淨化之力的黃金火焰。

蓄力並重新組織術式得花上莫大的時間，但這是紅蓮所擁有的攻擊當中最為強力的術法。

威力與平常的火焰無法相提並論。

就連擁有壓倒性瘴氣量的布列特，吃下這招似乎也受到重創，他往後退了。

正當要追擊而往前邁進一步時，被布列特的牽制射擊絆住了行動。

此時在我身後，我的女人們從燒燬的黑色樹木裡面站了起來。

「嚇我一跳。原來紅蓮的火焰一點也不燙。」

「我偶爾會纏繞在劍上，所以早就知道。」

「嗯，雖然不燙，但火焰很溫暖。」

「這個火焰清澈又漂亮，令人無法想像是那個沒用野獸的火焰呢。」

看來全員都平安無事。

我早就料到與黑色怪物的戰鬥會陷入苦戰。

所以，我準備了兩個保險手段。

第一，把紅蓮的淨化之焰，盡可能地注入在剎那她們所有人的靈魂裡面。

因為這個緣故，她們的動作會比較不靈活。

可是，至少可以像這樣作為保險運用。

結果我的預測成真，要是與黑色怪物正面戰鬥的話勝算不大，但她們利用從內側燃燒的方式成功擊退敵人。

簡而言之，她們每一個人都是必殺的毒餌。

「你做了什麼！我的靈魂，突然就被火焰！」

以再生治癒火傷的同時，布列特這樣詢問。

在解放灌注在靈魂裡的紅蓮火焰之前，布列特有一瞬間僵住。

要是沒有那瞬間的破綻，他肯定會發現我的女人們解放紅蓮火焰的前兆，在解放火焰前殺死她們。

為了不讓他這麼做，我設下了第二個保險。

第二個保險是由我與紅蓮，以及來到這裡的精銳部隊同心協力才能成功。

如同我與紅蓮之間的靈魂彼此相連，布列特與他眷屬們的靈魂也是相同。

這是我在這裡與布列特共同生活的期間注意到的。

所以我才會透過觀察，設計出利用他們這份聯繫的方法。

精銳部隊各自的劍上都寄宿著紅蓮的力量，我要他們「同時」灌注到與布列特聯繫在一起的眷屬，也就是那群黑色怪物的體內，透過靈魂的聯繫直接帶給本體布列特傷害。

在決戰前一刻，我讓紅蓮過去他們那邊就是為了這個目的。

我的暗號透過紅蓮轉達給精銳部隊，好幾十人將紅蓮的火焰同時打進黑色眷屬體內，這個打擊透過靈魂的聯繫進而帶給布列特傷害。

這招沒辦法事先練習，而且是因為紅蓮心血來潮在精銳部隊的武器附加火焰才能辦到這件事。

……正因為這個作戰得走一步算一步，布列特才會沒料到這招，產生了一瞬間的僵硬。

「雖然是第一次召喚紅蓮，但很順利嘛。」

「當然會順利的說。因為紅蓮與主人是靈魂伴侶的說！」

「妳是知道意思才這麼說的嗎？」

而且，之所以能趁他一瞬間的僵硬賞他一發特大號的大招，是因為我以前從未用過召喚這張卡牌。

如同夏娃能召喚神鳥，我也一樣能召喚神獸紅蓮。

不論布列特的情報蒐集能力再怎麼優秀，也不可能知道連一次也沒展示出來的招式。

為了扭轉局勢所準備的卡都派上用場，情勢改變了！

「布列特，抱歉啊。我不會回到過去。我要向前邁進。你就抱著後悔，痛苦掙扎吧！」

這恐怕是最後的機會。

內側是滲透到靈魂的淨化之焰，外側是神獸紅蓮的最終奧義。兩邊同時受到打擊，布列特已經弱化不少。

這是第一次讓他吃下這種強力的大招，也是最後一次。

所以，要趁現在分出勝負。

「凱亞爾————————！」

布列特的砲發出光芒，連續發出好幾記砲擊。

然而，數量更為龐大的冰柱接連飛來，抵銷了砲擊，而且還有幾根插進了布列特體內，從內側開始凍住他。

對於擁有再生能力的布列特來說，這比高威力的招式更加棘手。

那就是……

「第六位階冰結魔術【冰柱亂舞】。」

芙蕾雅的魔術。

這招雖然看起來沒有魄力，但每根冰柱都灌注了壓倒性的冷氣。

正因為樸素，才沒有多餘，威力也是驚為天人。

就連那個布列特的動作都變鈍了。

即使遭到凍結，布列特依舊把砲口對準我發出攻擊。

此時，光之長槍迎擊砲擊。

光長槍順勢貫穿砲擊，挖出布列特的心臟。

「我也得稍微表現一下。」

夏娃流下痛苦的汗水，但依然張開黑翼使出一擊。

雖說只有一發，但認真施展魔王之力的一擊，凌駕於布列特之上。

紅蓮的火焰與夏娃非常不合，所以當靈魂寄宿著紅蓮的火焰時，她無法隨心所欲行動。所以她把這股怒氣也灌注在攻擊上面。

「區區道具，居然敢妨礙我！」

「布列特叔叔，應該是你大意了吧？」

對著夏娃狂吼的布列特將意識集中在她身上，所以，他沒發現克蕾赫已踏出神速的步伐逼近自己。

克蕾赫在這個距離使出宛如閃光的居合斬。這擊使得布列特拿著砲的那隻手臂在空中翻轉。

「妳也要妨礙我嗎！」

「是啊，比起溫柔的叔叔，我似乎更珍惜心儀的戀人。」

「所以才說女人不能相信！」

布列特從傷口伸出好幾隻黑色觸手襲向克蕾赫，但克蕾赫退到後方閃過攻擊。

「奪走他的武器了。上吧，凱亞爾葛。」

「被搶走又怎麼樣。過來，塔斯拉姆！」

雖說武器離開手邊，但【神裝武具】是擁有意識的武器。

武器回應持有者的聲音回到手邊。布列特為了拿穩武器，從傷口伸出觸手。

然而，旁邊突然有道嬌小的影子，將飛來的神砲塔斯拉姆直接踹飛。

「休想得逞。剎那至少能做到這種事。」

遭到飛踢的砲直接卡進牆壁，接著又遭到冰凍固定，就此動彈不得。

布列特遭到紅蓮的火焰燃燒，身體內側遭到芙蕾雅的冰柱凍結，心臟被挖開，手臂被砍斷，就連武器也被奪走。

我的女人們已經為我準備好了舞臺。

「凱亞爾葛大人，拜託你！」

「嗯，去吧，凱亞爾葛大人！」

「凱亞爾葛，結束這一切！」

「我相信你，凱亞爾葛！」

「主人，快上的說！」

宛如被每個人的聲援推了一把那般，我向前奔跑。

失去砲的布列特以黑色觸手迎擊。

與砲擊相較之下，完全沒有壓力。

儘管因為力量及速度上的差距，我沒辦法閃過攻擊，但即使會被貫穿，我還是要往前衝。

「你殺不了我的。難道你當初解決吉歐拉爾王時使出的真正勇者之力，就連瘴氣都有辦法治癒嗎！」

他果然知道。

與化為黑暗的吉歐拉爾王那場戰鬥，我【恢復】了自己身為勇者的概念，取回堪稱勇者本質的力量。

後來我以真正的勇者之力治癒了吉歐拉爾王……但是這場戰鬥，我在踏進這個房間之前就慢慢地解放了真正的勇者之力，一開始的【恢復】不只是針對額葉，而是試著將他的一切都治癒，但還是不行。

就連真正的勇者之力也對那傢伙不管用。

「真正的勇者之力，我打從一開始就在用了。」

「那既然你知道沒用，為什麼還故技重施？」

說得沒錯。

到了這個局面，反而與最初的行動很像。

我的女人們幫忙創造機會，再由我【恢復】布列特。

當初準備的卡牌以失敗告終。

但是，我還準備了另一張牌。

是一張賭博性過高，沒打算使用的牌。

艾蓮提醒之後，我才注意到也有這種可能性。

可是，之前的實驗卻失敗了。

因為實在太過荒唐，完全超越【恢復】的領域，根本就是亂來。

即使如此，我相信現在的我能辦得到。

因為，我的女人們都為我拚到了這個地步。

要是這樣我還沒辦法成功，就太丟臉了。

我沒有選擇重啟人生。

因為沒有選擇重啟人生，才陷入了這樣的絕境。

我必須負起這個責任。

不對，不應該想著負起責任這種消極的想法，我想要和現在的她們一起看到未來。所以，

我要完成自己該做的事。

嘴邊滿是吐出來的鮮血。

腹部開出的大洞也不斷噴血。

「我來了。」

我狠狠抓住那傢伙的禿頭。

「就算來了又能怎樣？不論是以【恢復】治癒我，還是以【改惡】毀壞我都沒有意義。這樣是殺不死我的。」

以【恢復】治癒額葉，讓他遭到暗黑力量吞噬的計畫失敗。

以【改惡】將他的形體改變成損壞的狀況，也會因為瘴氣的抵抗力過強而失敗，這點我在動手之前就心知肚明。

【恢復】不管用。

那麼，也只能用【恢復】了。

以癒殺敵，這樣的方法只有一個。

「【恢復】。」

發動使用我所有魔力的【恢復】。

解放真正勇者的力量，唯獨這一瞬間，將我的狀態值全都透過【改良(Heal)】改為魔術特化型，但依舊只能賭一把的荒唐【恢復】。

布列特臉上的笑容逐漸僵住。

「怎……怎麼了？這是，我的……我的力量，消失……不對，是回溯……」

「對，沒錯。我的，【癒】之勇者的【恢復】能回歸到正常的狀態。所以我決定要幫你回溯到正常的狀態。太好了呢，布列特，你很想回去對吧。或許是因為這樣，你的身體很乾脆地就接受了我的力量……要是想回到過去，你一個人回去。別因為你的自作主張而牽連整個世界。」

布列特的身體慢慢回溯。

暗黑力量消失，臉上的皺紋也不見，皮膚充滿了彈性。不論魔力還是等級都慢慢失去。

不僅如此。他肌肉萎縮，身高縮小，頭髮長長，到最後連身高比我矮小，頭被狠狠抓住的身體浮在空中。

「住手啊啊啊啊啊啊啊啊啊啊啊啊啊啊啊啊啊啊啊啊啊！」

「別叫我住手嘛。你不是希望時光倒流嗎？」

我從前【恢復】了整個世界，把正常狀態定義成四年前。

現在則是將這股力量對單一個人使用。

這可以說是【時光回溯】。

我做過假設，如果對象不是整個世界，而是限定單一個人，就算沒有【賢者之石】的力量應該也可以辦到。

不過，其實就算出力降到單一個人的水準，也需要透過危急狀況下的爆發力才能勉強辦到，而且布列特本人也希望時光倒流，所以他下意識並沒有抵抗，這點也占了很大部分。

此時，我的【恢復】結束。

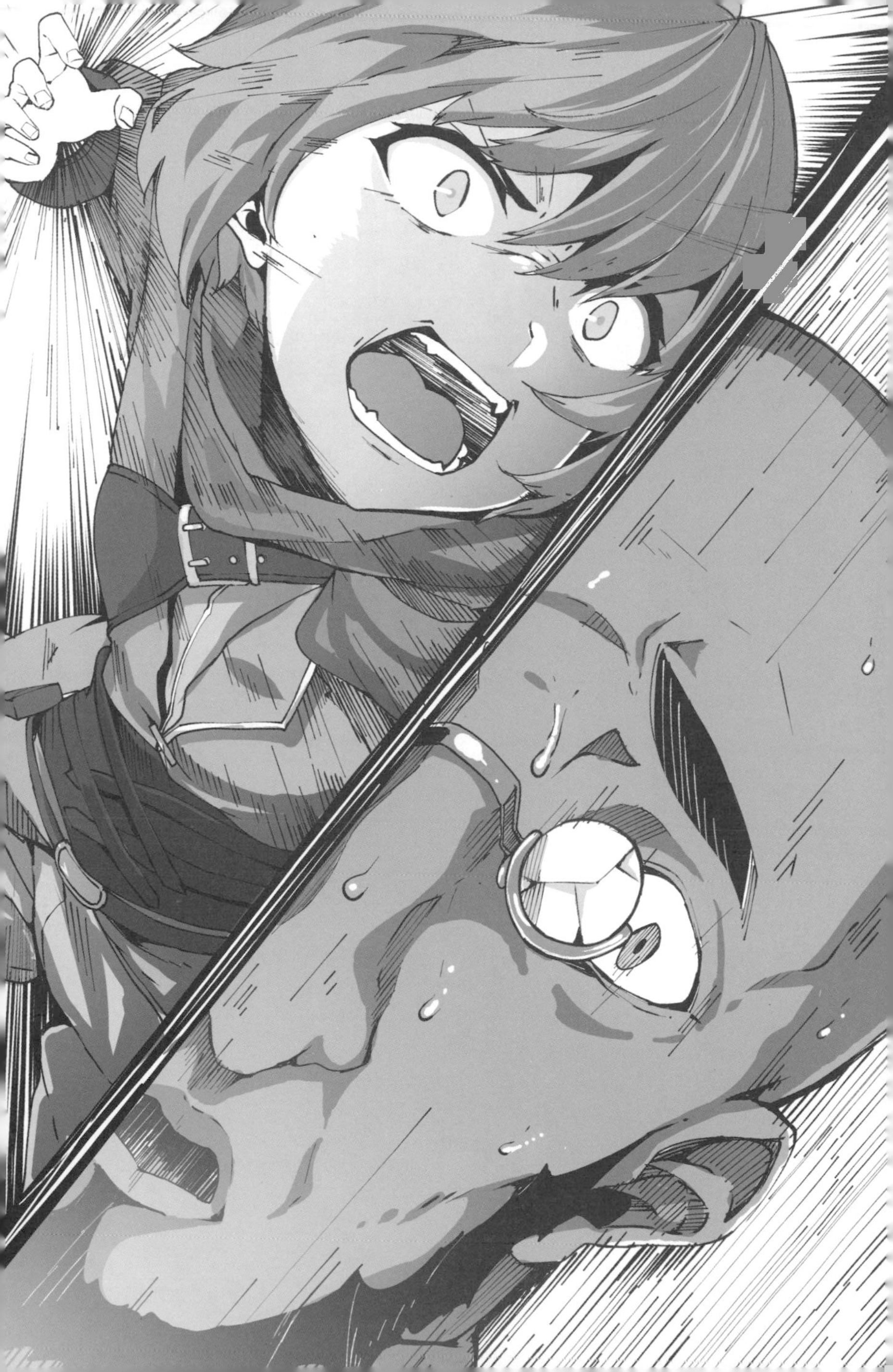

鬆開手後，變小的布列特全身脫力倒在地上。

「我幫你倒回了二十年。現在的你不僅是勇者之力，甚至還沒取得職階，沒有等級，也沒經過鍛鍊，只是個無力的小鬼。沒錯，就是你最喜歡的少年。」

「……原來是這樣啊。真了不起，凱亞爾。是我輸了。」

明明處於這種狀況，布列特卻笑了。

他發出了少年的高亢聲音。

我用單手把布列特扔出去，聽見了骨頭撞上牆壁碎裂的聲音。

如果是在失去力量之前，想必裂開的會是牆壁吧。

布列特失去了一切。

原本的話，應該連記憶也會消失……看樣子他之前說就算回溯世界也不會失去自我，並不是謊話。

那對他而言想必是不幸的。

沒有記憶反而幸福。

「覺悟吧。你對我以及少年們所做過的事情，我會讓你親自體會。會幫你準備好你的同伴，也就是最喜歡少年的變態傢伙。他們一定會好好疼愛你的。要是不能接受，現在就立刻咬舌自盡吧。」

「我不會死的。只要活著就還有下次。好吧，我暫時就享受一下凱亞爾給予我的痛苦吧。」

布列特失去意識。

是因為他維持記憶，身體急遽產生了變化。大腦感受到強烈的不協調感，才會強制關閉意識。

「好好期待吧……至今我所受過的痛苦與折磨，我會讓你好好品嘗的。」

這個變成無力少年的傢伙，今後將會過上地獄般的生活。

此時，我也渾身無力地跪在地上。

「凱亞爾葛大人！」

「沒事吧！凱亞爾葛大人！」

芙蕾雅與剎那衝了過來。克蕾赫、夏娃與紅蓮稍微慢了一拍後也跟著過來。

【自動恢復】沒有發動。畢竟我連對自己施加【恢復】的魔力都沒剩下，況且血流過多，已經是遍體鱗傷。

可是，我贏了。

「我的復仇，總算結束了。」

不，還沒結束，在給布列特地獄般的痛苦前是不會結束的。

而且會讓那個布列特自己主動懇求殺了他。

「再來就拜託妳們了。」

我說完這句話後便失去意識。

在我沉睡的這段期間，芙蕾雅她們想必會把事情處理好。

終章 回復術士露出微笑

清醒時，我待在陌生的房間。

房間很豪華，我躺在乾淨的床上。

「這裡是哪裡？」

頭痛很嚴重。

我一邊忍受這股疼痛，同時喚醒記憶。

記得我是為了打倒布列特，使用了超出極限的【恢復】。

時光回溯的力量。

就算這股力量的對象不是整個世界，而是縮小為單一個體，依舊是人類無法負荷的能力。

我是因為那股反作用力而倒下。

響起了聲音。

我望向聲音的來源，發現剎那正拿著毛巾與裝水的桶子走了過來。

「凱亞爾葛大人，你醒了。太好了！」

剎那扔掉手上的東西抱了過來。

狼尾巴不斷搖晃，實在可愛。

「……這裡是哪裡？後來怎麼樣了？」

「這裡是葛蘭茲巴赫帝國的城堡。後來，黑色怪物瘋狂胡鬧。所以大家都待在城堡裡面打防守戰。精銳部隊的人也都在城裡。」

「原來如此。能控制黑色怪物的只有布列特，那些傢伙是失去指揮官才會失控嗎？」

那群少年天使想必也擁有指揮權，但我事先就將他們全殺光了。

打倒布列特的瞬間，我雖然感覺到暗黑力量從城內消失，但恐怕是那傢伙用來控制怪物的聯絡通道被摧毀了吧。

「嗯，他們還開始同類相殘。我們待在城堡比較裡面的地方後，就幾乎沒有出現在這邊。而且還有許多糧食與倉庫，目前沒有困擾。」

掌握狀況了。

就算打倒布列特，所有的黑色怪物也不會就這樣乾淨俐落地消失。

這也是理所當然，因為我回溯的只有布列特。

不可能那麼剛好將其他怪物也一起回溯。

吉歐拉爾王那時算是例外。

「不過現在反而相當安靜。是因為數量減少了嗎？」

「大家以輪班制戰鬥減少數量。在城堡區域的傢伙就快要全滅了。因為黑色怪物不會再增加，所以只要殺掉就會減少。」

「這樣啊。」

如果只是失去理性大鬧，這樣的結果也很正常。

這下子，這場戰爭就結束了。

「我睡了多久？」

「五天。你一直沒起來，剎那和大家都很擔心。待會兒剎那就去告訴大家凱亞爾葛大人已經醒過來了。」

居然睡了五天啊。

可是身體卻很乾淨，肚子也不餓。

想必是剎那無微不至地照顧我吧。由於我只有肌力下降，所以用【恢復】變回原樣。

好，變回了最佳狀態。

「待會兒？不用馬上去報告嗎？」

「第一個注意到的人該有優惠。剎那想稍微獨占凱亞爾葛大人。」

這句話真是令人開心。

我將剎那抱過來並吻了她。

與此同時，也慢慢脫下她的衣服。

「嗯，凱亞爾葛大人，好突然。」

「不要嗎？」

「不會，很開心。可是，你才剛醒來，剎那很擔心。」

「那我就證明給妳看我不要緊吧。」

下腹部很燙。

因為我睡了五天，自然會累積五天的量。

那麼，就先舒坦一下吧。

◇

我疼愛了剎那。

之後稍微休息了一下，剎那便去找了大家過來。

我的女人們全都平安無事地聚集在我的面前。

「早安。您總算醒來了。」

「我很擔心耶。雖說性命沒有大礙，但畢竟有魔術的反作用力。」

「可是，既然你醒來就好。這樣就能回去了。」

大家都很擔心我，真令人開心。

我看到她們沒事也放心了。

「掌握吉歐拉爾王國的情報了嗎？」

「嗯，凱亞爾葛倒下之後，為了立刻把勝利結果與我們這邊的狀況告訴王國，我與芙蕾雅就立刻駕駛飛機去了一趟吉歐拉爾王國。王都已經陷落了。王城如今已不留痕跡。」

「這樣啊……一切按照計畫呢。」

「是啊，都按照艾蓮的計畫進行。盡可能將敵人引進城內後再直接炸掉。以此為障眼法逃出生天。艾蓮現在正在另外準備的第二本部處理善後。」

吉歐拉爾王國遭到襲擊是預料中的事。

畢竟我方戰力幾乎傾巢而出。布列特不可能會放過這個機會。

所以事前準備了以城堡當作誘餌的計策，以及就算王都陷落，吉歐拉爾王國的功能也不會停止的計策。

由於事情完全按照艾蓮的預測發展，令我重新領教到艾蓮的能力之高。

「我的女人都平安無事，這樣就放心了。因為我實在不希望失去任何一人。」

我這樣說完，大家的表情變得很奇怪。

臉頰微微泛紅，感覺莫名呆滯。

「怎麼了嗎？」

「嗯。剛才的笑容，溫柔到令人驚訝。」

「是的，雖然平常的臉也很迷人，但剛才那種與以前截然不同的表情更令人著迷。」

「是啊。該說是擺脫了什麼嗎？感覺很溫暖，非常自然。」

「嗯，剛才的笑臉非常迷人喔。居然沒看到那個表情，艾蓮也真是可憐。」

溫柔、溫暖以及自然。

她們是這樣看待剛才的笑容嗎？

那肯定是因為我總算回到了原本的自己吧。

現在的我，可以直接說出真心話。

既沒修飾，也沒裝模作樣。

就是那樣的我。

「那麼，我就一直維持這種感覺吧。因為我已經不需要再繼續勉強自己。」

不需要扮演強悍的自己。復仇對象都打倒了。

也不需要再勉強自己受人喜歡。既然我的女人們，說喜歡原本的我——

◇

後來，我重新詢問在我睡著的這段期間發生的許多事情。

黑色怪物在那之後怎麼了？周邊諸國的狀況，吉歐拉爾王國的現狀，艾蓮怎麼樣了？

討伐布列特並將其俘虜一事，似乎慢慢地在全世界傳開。

只不過，即使失去管理導致威脅降低，黑色怪物依然在世界各地大鬧。

這些傢伙必須由全世界同心協力驅逐才行。

另外，有些國家怒氣沖沖地要求葛蘭茲巴赫帝國交出賠償金，但並不實際。

畢竟除了布列特以外，要不是已經死了，就是變成怪物或是逃之夭夭。

在驅逐完黑色怪物之後，姑且可以從他們的遺留物品當中搶一些帶走，但頂多也就這樣。

「我忘了問最重要的事情。布列特現在怎麼了？」

「請放心。已經把他的四肢打爛，嚴重到除了凱亞爾葛大人以外沒辦法治癒，也讓紅蓮在他的肉體烙印了許多拒絕暗黑力量的印記。而且還把他關進了牢裡。隨時都有吉歐拉爾王國以及魔族領域各自的頂尖戰士監視著他。」

「相當小心謹慎呢。」

「……即使這麼做也依然很可怕。如果不是凱亞爾葛大人的吩咐，早就將他殺了。」

「嗯，判斷得很好。幹得好。」

對手是布列特的話，就算準備得再充分也不夠。

儘管我也贊成殺了他才是最好的方法，但要等我的復仇結束之後。

「總之，先去艾蓮那邊一趟吧。我想疼愛艾蓮。畢竟她是這次事件中最大的功臣。」

大家對此都沒有反駁。

要是沒有艾蓮的軍略，我們肯定早就吃了敗仗。

「等……等等的說，紅蓮才是，最努力的說……倒下。」

小狐狸從門的縫隙進來，以搖搖晃晃的步伐走到房間中央，然後刻意說完才倒下。

「啊啊，看得見花園的說……天使來迎接……工作過度倒下的紅蓮的說……這裡是黑心職場的說，會虐待使魔的說，要過勞死了說……紅蓮好可憐的說。」

然後，閉上了眼睛。

稍微放著不管後，她會不時瞇著眼睛望向這邊。

難道我得陪她演這齣鬧劇嗎？

「凱亞爾葛大人，紅蓮在這五天非常努力。」

意外的是，幫忙說情的是剎那。

「在克蕾赫與芙蕾雅去吉歐拉爾王國的期間能夠固守城內，都是多虧了紅蓮努力。」

「沒錯的說！該慰勞紅蓮的說！這幾天，紅蓮都在配角的劍上注入淨化之焰的說。從早努力到晚的說！」

即使現在只會大鬧，黑色怪物依然是個威脅。

在這種狀況下，缺少克蕾赫與芙蕾雅這兩個主力依然能堅守到底，紅蓮的努力肯定起了非常大的作用。

「辛苦了，回去之後，我會給妳最好吃的肉，吃到妳說不想吃為止。」

小狐狸跳起來，坐到我的大腿上。

然後磨蹭我的臉頰。真是可愛的傢伙。

「約好的說。然後還要疼愛紅蓮的說。紅蓮想要久違地體驗一下那種舒服的感覺的說。」

那也不錯。

雖然抱了剎那，但我的那裡還沒平復。

「嗯，可以啊。這件事倒是可以現在就疼愛妳。」

「耶——♪紅蓮喜歡舒服的感覺的說。」

坐在大腿上的小狐狸直接變成美少女型態抱了過來，用各種地方磨蹭。

紅蓮或許是進入了發情期。

「啊啊，好狡猾。我明明也一直在忍耐耶。」

「是啊，我也要到忍耐的極限了。」

「不可以比戀人先啦！」

「剎那剛才雖然已經做過了，但還想要。」

我的女人們衝到床上，脫下衣服。

這個景象實在壯觀。

雖說我才大病初癒，但體力很充足。

盡情享受吧。

等做完之後再回國。復仇的最後一幕也等之後再上演。

畢竟是艾蓮。我當初為了教訓布列特委託她辦的事情，想必已經做好了準備。

現在，我只需要和女人們享樂。

等到回國，折磨完布列特結束復仇，之後我想暫時享受和平的生活。

（不過，那想必很難。）

只要打倒了世界共同的敵人布列特，驅逐黑色怪物，和平就會到來。那是非常美好的事。

但是，有些問題只有在和平之後才會出現。

和平的時候不需要英雄。對於掌權者而言，甚至是眼中釘。

而且我所擁有的吉歐拉爾王國，因為吉歐拉爾王之前的胡作非為，有愧於其他國家。為了貶低身為英雄的我們，同時也為了修復自己國家的損傷，勢必會有一群國家聚集過來，如同禿鷹那般找吉歐拉爾王國協調。

（等教訓那些傢伙之後再引退吧……要是敢找我們麻煩，就勢必要讓他們得到報應。看來暫時會忙碌一陣子。魔王領地那邊也不能說風平浪靜。）

我在腦海規劃未來，然後刻意忘了這件事，專心地疼愛我的女人們。

後記

感謝各位閱讀《回復術士的重啟人生》第八集。

我是作者「月夜淚」。

動畫的後續消息來了！身為作者，最近這陣子總是忙得不可開交。就是所謂不知該說開心還是悲傷呢。

凱亞爾在這次總算完成了最後的復仇。所謂的復仇，在執行時基本上也會在失去某些東西，但凱亞爾的旅程反而得到了許多東西。

故事還會繼續下去，也請各位期待下集！

宣傳：

角川Sneaker文庫的《世界頂尖的暗殺者轉生為異世界貴族》這個系列從ＷＥＢ版大幅增加故事發售中！

這個故事在說的，是作為道具而活的暗殺者在轉生之後，為了自己與重要的人發揮他的技術。

這部作品評價相當好，是很受歡迎的系列。請各位務必也閱讀看看！

謝辭：

しおこんぶ老師，感謝兩位總是畫出優秀的插圖！

也感謝將這本書拿在手上的各位，以及與作品有關的所有人員！

為了向在動畫化前就一直支持著我的各位報恩，我今後也會繼續努力！

後記…

我們是負責畫插圖的しおこんぶ。
第八集了呢！

終於來到最後一個復仇對象的布列特戰。
起初在角色設計時，沒有想到這個角色會變得如此重要，
所以在途中重啟世界之後改變了布列特的角色造型。
該怎麼說，就是變得更像神父，更像個變態。

不提這個，目前都得待在家裡，一時興起開始鍛鍊肌肉。
因為工作的關係一直坐在桌前，所以有時間時就一直在玩遊戲……
但人類果然還是得動呢。

國家圖書館出版品預行編目資料

回復術士的重啟人生：即死魔法與複製技能的極致回復術/月夜涙作；捲毛太郎譯. -- 初版. -- 臺北市：臺灣角川股份有限公司, 2021.03-

冊；　公分. -- (Kadokawa fantastic novels)

譯自：回復術士のやり直し：即死魔法とスキルコピーの超越ヒール

ISBN 978-986-524-280-0(第7冊：平裝). --

ISBN 978-986-524-888-8(第8冊：平裝)

861.57　　110000941

Kadokawa
Fantastic
Novels

回復術士的重啟人生 8
～即死魔法與複製技能的極致回復術～

（原著名：回復術士のやり直し 8 ～即死魔法とスキルコピーの超越ヒール～）

2021年10月6日 初版第1刷發行

作　　者：月夜涙
插　　畫：しおこんぶ
譯　　者：捲毛太郎

發 行 人：岩崎剛人
總 編 輯：蔡佩芬
主　　編：朱哲成
美術設計：黃永漢
印　　務：李明修（主任）、張加恩（主任）、張凱棋
發 行 所：台灣角川股份有限公司
地　　址：104台北市中山區松江路223號3樓
電　　話：（02）2515-3000
傳　　真：（02）2515-0033
網　　址：www.kadokawa.com.tw
劃撥帳戶：台灣角川股份有限公司
劃撥帳號：19487412
法律顧問：有澤法律事務所
製　　版：巨茂科技印刷有限公司
ISBN：978-986-524-888-8